职业院校通用教材

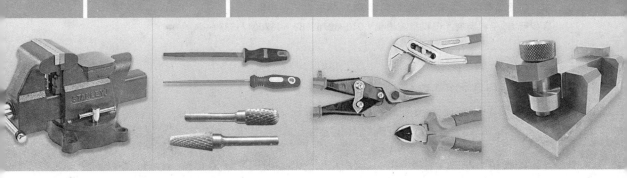

钳工基础技术实训习题集

吴清◎编著

清华大学出版社

北 京

内 容 简 介

本实训习题集是《钳工基础技术》的配套用书,主要有练习图样、练习步骤和成绩评定三项内容。本习题集以钳工基础技能实训为主,通过实训,使学生在钳工基础操作技能、钳工工艺等方面达到一定水平,可根据专业、实训目标和实训时间来选择项目组织实训教学。

本实训习题集包括划线操作技术、锉削加工技术、锯削加工技术、錾削加工技术、孔加工技术、螺纹加工技术、矫正与弯形加工技术、铆接加工技术、刮削加工技术、研磨加工技术、锉配加工技术、量具制作技术、工具制作技术等章节相关实训项目。

本实训习题集可作为高职高专机械类、近机械类专业的实训用书,也可作为中等职业学校相关专业以及相关行业职工岗位培训用书。

图书在版编目(CIP)数据

钳工基础技术实训习题集/吴清编著 . —北京:清华大学出版社,2011.5
ISBN 978-7-302-25061-6

Ⅰ. ①钳…　Ⅱ. ①吴…　Ⅲ. ①钳工—技术培训—习题集　Ⅳ. ①TG93-44

中国版本图书馆 CIP 数据核字(2011)第 040306 号

责任编辑:金燕铭
责任校对:刘　静
责任印制:李红英

出版发行:清华大学出版社　　　　　　　　　地　　址:北京清华大学学研大厦 A 座
　　　　　http://www.tup.com.cn　　　　　邮　　编:100084
　　　　　社　总　机:010-62770175　　　邮　　购:010-62786544
　　　　　投稿与读者服务:010-62776969,c-service@tup.tsinghua.edu.cn
　　　　　质　量　反　馈:010-62772015,zhiliang@tup.tsinghua.edu.cn
印　装　者:北京国马印刷厂
经　　销:全国新华书店
开　　本:185×260　　　印　张:6.5　　　字　　数:143 千字
版　　次:2011 年 5 月第 1 版　　　　　　　印　　次:2011 年 5 月第 1 次印刷
印　　数:1～3000
定　　价:14.00 元

产品编号:041060-01

前 言
Preface

　　为了配合钳工基础技术课程的教学,提高学生的操作能力和工艺能力,培养学生吃苦耐劳、严谨认真的工作作风和综合素质,我们编写了本实训习题集。

　　本习题集是《钳工基础技术》的配套用书,由 42 个实训项目组成。其中,按照主教材的内容对应编排了 36 个实训项目,另增了 6 个有关量具制作和工具制作的实训项目,以丰富实训内容和提高学生的学习兴趣。

　　本实训习题集紧密结合企业实际,针对企业对技能型人才的要求,注重操作技能的训练,内容丰富,难易适当,有很强的适用性,可适合不同程度的学生学习。

　　由于编者水平有限,不妥之处在所难免,敬请广大读者批评指正。

编　著
2010 年 11 月

目 录
Contents

划线操作技术

实训一　平面划线练习

1. 实训内容

本练习工件为一支架轮廓,其图样如图 1-1 所示,要求在钢板上划出支架轮廓加工线并打上冲眼。

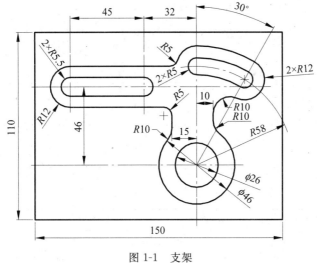

图 1-1　支架

2. 材料准备与学时要求

材料准备与学时要求如表 1-1 所示。

表 1-1　平面划线练习材料准备与学时要求

工件名称	材　料	毛坯尺寸	件　数	学　时
支架	Q235 钢	150×110×3	1	3

3. 工、量、辅具准备

(1) 工具:划针、划规、样冲、小手锤等。

(2) 量具:钢直尺、万能角度尺。

2

（3）辅具：毛刷、紫色水涂料。

4. 练习步骤

（1）在板料上合适的位置划出两条相互垂直的中心线，将中心线的交点作为圆周 $\phi26$mm 的圆心位置。

（2）以 $\phi26$mm 孔的水平中心线为基准，划出高度尺寸为 46mm 的水平定位线。

（3）以 $\phi26$mm 孔的垂直中心线为基准，划出角度为 $30°$ 的角度定位线，和半径为 $R58$mm 的圆弧中心定位线。

（4）以 $\phi26$mm 孔的垂直中心线为基准，划出尺寸为 32mm、45mm 的垂直中心定位线。

（5）以十字基准线交点为圆心划出 $\phi26$mm 和 $\phi46$mm 的圆周轮廓线。

（6）以十字基准线交点为圆心划出 $R53$mm、$R63$mm、$R70$mm 的圆弧轮廓线。

（7）以 $\phi26$mm 孔的垂直中心线和 $30°$ 角度定位线与 $R58$mm 的圆弧中心定位线的交点为基准划出 $2×R5$mm、$2×R12$mm 的圆弧轮廓线。

（8）以 32mm、45mm 的垂直中心定位线和 46mm 的水平中心定位线的交点为基准划出 $2×R5.5$mm、$2×R12$mm 的圆弧轮廓线。

（9）以 $\phi26$mm 孔的垂直中心线为基准划出（左侧）15mm 和（右侧）10mm 的平行线段。

（10）划出 $R5$mm（2 处）、$R10$mm（3 处）圆弧与圆弧连接、圆弧与直线连接的轮廓线。

（11）根据图样对所划轮廓尺寸线条进行全面检查。

（12）对所划支架上各轮廓线条均匀地打上冲眼。

（13）交件待验。

5. 成绩评定

成绩评定如表 1-2 所示。

表 1-2　平面划线练习成绩评定表

序号	项目及技术要求	配分	评定方法	实测记录	得分
1	涂色薄而均匀	4	目测评定		
2	图样位置（上下、左右）对称居中	4	目测评定		
3	线条清晰无重线	16	线条不清晰或有重线一处扣 1 分		
4	尺寸及线条位置误差＜0.3mm	22	一处超差扣 3 分		
5	各圆弧连接圆滑	14	一处连接不圆滑扣 2 分		
6	冲眼位置误差＜0.3mm	16	一处冲偏扣 1 分		
7	冲眼间距、大小合理	10	每一线段的冲眼间距、大小不合理扣 2 分		
8	使用工具及操作正确	10	一次不正确扣 2 分		
9	工、量、辅具摆放整齐合理	4	符合要求得分		
10	安全操作		违反一次扣 5 分		

备注：

姓名		工号		日期		教师		总分	

实训二 立体划线练习

1. 实训内容

本练习工件为一轴承座,其图样如图 1-2 所示,按照图样要求在铸造毛坯上进行立体划线并打上冲眼。

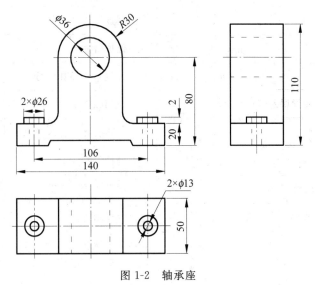

图 1-2 轴承座

2. 材料准备与学时要求

材料准备与学时要求如表 1-3 所示。

表 1-3 立体划线练习材料准备与学时要求

工件名称	材 料	毛坯尺寸	件 数	学 时
轴承座	HT200	140×50×110	1	4

3. 工、量、辅具准备

(1) 工具:小手锤、划针、样冲、划规、千斤顶等。

(2) 量具:钢直尺、直角尺、高度游标卡尺、划针盘。

(3) 辅具:毛刷、石灰水涂料。

4. 练习步骤

(1) 划出 φ36mm 孔的水平中心线、底部加工线和两个螺栓孔凸台上平面加工线。

(2) 划出 φ36mm 孔的垂直中心线和上下螺栓孔位置中心线。

(3) 划出轴承座厚度尺寸 50mm 的中心线和两个大端面的加工线。

4

（4）交件待验。

5.成绩评定

成绩评定如表 1-4 所示。

表 1-4　立体划线练习成绩评定表

序号	项目及技术要求	配分	评 定 方 法	实测记录	得分
1	涂色薄而均匀	4	目测评定		
2	尺寸基准位置误差＜0.6mm（3 处）	18	一处位置超差扣 6 分		
3	垂直度找正误差＜0.4mm（3 处）	18	一处位置超差扣 6 分		
4	尺寸及线条位置误差＜0.3mm	18	一处超差扣 3 分		
5	尺寸线条清晰	18	一处不合要求扣 3 分		
6	冲点位置准确、分布合理	14	一处冲偏扣 1 分		
7	使用工具及操作正确	6	一次不正确扣 1 分		
8	工、量、辅具摆放整齐合理	4	符合要求得分		
9	安全操作		违反一次扣 5 分		

备注：

姓名		工号		日期		教师		总分	

实训三　分度头划线练习

1.实训内容

本练习工件为一六边孔凹模，其图样如图 1-3 所示，按照图样要求在万能分度头上把六等分加工线全部划出并打上冲眼。

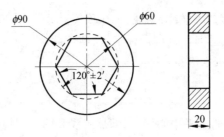

图 1-3　六边孔凹模

2．材料准备与学时要求

材料准备与学时要求如表 1-5 所示。

表 1-5 分度头划线练习材料准备与学时要求

工件名称	材　　料	毛坯尺寸	件　　数	学　　时
六边孔凹模	Q235 钢	$\phi 90 \times 20$	1	1

3．工、量、辅具准备

（1）工具：样冲、小手锤等。
（2）量具：高度游标卡尺。
（3）辅具：毛刷、紫色水涂料。

4．练习步骤

（1）将工件装夹在分度头的三爪自定心卡盘上，校正夹紧。
（2）调整高度游标卡尺的划线尺寸。
（3）选择分度盘。
（4）逐一划出六等分加工线。
（5）在六等分加工线条上打出冲眼。
（6）交件待验。

5．成绩评定

成绩评定如表 1-6 所示。

表 1-6 分度头划线练习成绩评定表

序号	项目及技术要求	配分	评定方法	实测记录	得分
1	涂色薄而均匀	2	目测评定		
2	划线尺寸(150.98±0.03)mm	20	超差不得分		
3	选择分度盘孔圈数正确	20	符合要求得分		
4	120°±2′(6 处)	18	一处超差扣 3 分		
5	尺寸线条清晰	16	一处不合要求扣 3 分		
6	冲眼位置准确、分布合理	14	一处冲偏扣 1 分		
7	使用工具及操作正确	6	一次不正确扣 1 分		
8	工、量、辅具摆放整齐合理	4	符合要求得分		
9	安全操作		违反一次扣 5 分		

备注：

姓名		工号		日期		教师		总分	

项目二 锉削加工技术

实训一 锉削姿势练习

1. 实训内容

本练习考核目标要求在锉削平面的过程中对锉削姿势进行动态观察。练习工件为一长方铁块,如图 2-1 所示。基本要求:统一采用拇指压柄法握持锉柄;统一采用前掌压锉法或拈锉法握持锉身;统一采用全程直进纵向锉法、全程直进横向锉法和全程直进交叉锉法进行锉削练习;锉削速度统一控制在(30±2)次/min。

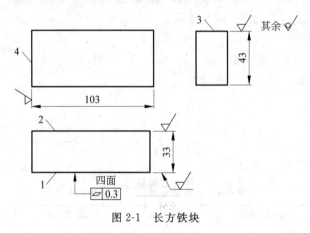

图 2-1 长方铁块

2. 材料准备与学时要求

材料准备与学时要求如表 2-1 所示。

表 2-1 锉削姿势练习材料准备与学时要求

工件名称	材 料	毛坯尺寸	件 数	学 时
长方铁块	Q235 钢	110×40×50	1	6

3. 工、量、辅具准备

(1) 工具:16″、14″粗齿(或中齿)扁锉等。

(2) 量具:钢直尺、刀形样板平尺。

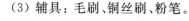
（3）辅具：毛刷、铜丝刷、粉笔。

4.练习步骤

（1）锉削第 1 个面时，重点练习两手协调用力。
（2）锉削第 2 个面时，重点练习运锉姿势的协调性。
（3）锉削第 3、4 个面时，重点练习推进锉刀的平衡控制能力。
（4）锉削速度。锉削速度统一控制在（30±2）次/min。
（5）平面度检测。采用刀形样板平尺以"透光法"对工件表面进行平面度检测。

5.成绩评定

成绩评定如表 2-2 所示。

表 2-2　锉削姿势练习成绩评定表

序号	项目及技术要求	配分	评 定 方 法	实测记录	得分
1	工件夹持合理	10	符合要求得分		
2	锉刀握法合理	10	符合要求得分		
3	站位合理	10	符合要求得分		
4	采用全程直进锉法	15	符合要求得分		
5	锉削速度（（30±2）次/min）合理	10	符合要求得分		
6	两手用力协调	10	符合要求得分		
7	运锉姿势协调	15	符合要求得分		
8	锉削时锉刀无明显左右横向飘移	15	符合要求得分		
9	工、量、辅具摆放整齐合理	5	符合要求得分		
10	安全操作		违反一次扣 5 分		

备注：

姓名		工号		日期		教师		总分	

实训二　锉削平面练习

1.实训内容

在本项目实训一的基础上进行锉削平面练习，锉削长方铁块的各个平面，如图 2-2 所示。

2.材料准备与学时要求

材料准备与学时要求如表 2-3 所示。

8

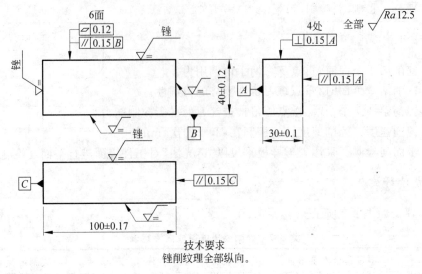

技术要求
锉削纹理全部纵向。

图 2-2　长方铁块

表 2-3　锉削平面练习材料准备与学时要求

工件名称	材　　料	毛坯尺寸	件　　数	学　　时
长方铁块	Q235 钢	沿用本项目实训一中的工件	1	6

3. 工、量、辅具准备

（1）工具：14″粗齿扁锉、12″中齿扁锉、10″细齿扁锉。

（2）量具：刀形样板平尺、直角尺、游标卡尺。

（3）辅具：毛刷、铜丝刷、粉笔。

4. 练习步骤

（1）锉削 A 基准面，达到平面度要求。

（2）锉削 A 面的对面，达到尺寸公差、平面度、平行度要求。

（3）锉削 B 基准面，达到平面度、垂直度要求。

（4）锉削 B 面的对面，达到尺寸公差、平面度、平行度和垂直度要求。

（5）锉削 C 基准面，达到平面度、垂直度要求。

（6）锉削 C 面的对面，达到尺寸公差、平面度、平行度和垂直度要求。

（7）理顺锉纹，光整加工，达到表面粗糙度要求。

（8）交件待验。

5. 成绩评定

成绩评定如表 2-4 所示。

表 2-4 锉削平面练习成绩评定表

序号	项目及技术要求		配分	评 定 方 法	实测记录	得分
1	尺寸	(30±0.1)mm	8	超差不得分		
2		(40±0.12)mm	8	超差不得分		
3		(100±0.17)mm	8	超差不得分		
4	平面度0.12mm(6面)		24	一处超差扣4分		
5	垂直度0.15mm(4组)		16	一处超差扣4分		
6	平行度0.15mm(3组)		12	一处超差扣4分		
7	表面粗糙度 Ra12.5μm		8	一处降级扣1分		
8	锉纹纵向(6面)		12	一处不符合要求扣1.5分		
9	工、量、辅具摆放整齐合理		4	符合要求得分		
10	安全操作			违反一次扣5分		

备注：

姓名		工号		日期		教师		总分	

实训三 锉削曲面练习

1. 实训内容

本练习工件为一长方铁块和一圆钢,其图样如图 2-3 所示,按照图样要求锉削长方铁块上凹、凸圆弧面和圆钢上的球面。

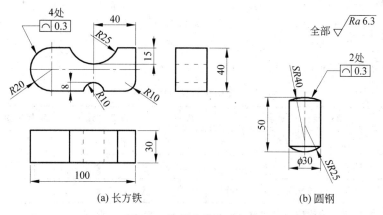

(a) 长方铁   (b) 圆钢

图 2-3 锉削曲线练习工件

2. 材料准备与学时要求

材料准备与学时要求如表 2-5 所示。

表 2-5　锉削曲面练习材料准备与学时要求

工件名称	材　料	毛坯尺寸	件　数	学　时
长方铁块	Q235 钢	100×30×40	1	4
圆钢	45 钢	φ30×52	1	2

3. 工、量、辅具准备

（1）工具：划针、划规、样冲、小手锤，12″中齿扁锉、10″细齿扁锉、12″中齿半圆锉、10″细齿半圆锉、10″中齿圆锉、10″细齿圆锉。

（2）量具：钢直尺，直角尺，塞尺，游标卡尺，（R7～R14.5）、（R15～R25）的半径样板各一个，R40mm 半径样板一个（自制）。

（3）辅具：毛刷、铜丝刷、粉笔。

4. 练习步骤

（1）按照图样划出加工线并打上样冲眼。

（2）选用 12″中齿扁锉、10″细齿扁锉，采用轴向展成锉法和周向展成锉法锉削 R20mm 和 R10mm 凸圆弧面至要求。

（3）选用 12″中齿半圆锉、10″细齿半圆锉，采用合成锉法和横推滑动锉法锉削 R25mm 凹圆弧面至要求。

（4）选用 10″中齿圆锉、10″细齿圆锉，采用合成锉法锉削 R10mm 凹圆弧面至要求。

（5）选用 12″中齿、10″细齿扁锉，采用纵倾横向滑动锉法锉削 SR40mm 球面至要求。

（6）选用 12″中齿、10″细齿扁锉，采用侧倾垂直摆动锉法锉削 SR25mm 球面至要求。

（7）交件待验。

5. 成绩评定

成绩评定如表 2-6 所示。

表 2-6　锉削曲面练习成绩评定表

序号	项目及技术要求	配分	评定方法	实测记录	得分
1	R20 外圆弧面线轮廓度公差 0.3mm	20	超差不得分		
2	R10 外圆弧面线轮廓度公差 0.3mm	10	超差不得分		
3	R25 内圆弧面线轮廓度公差 0.3mm	20	超差不得分		
4	R10 内圆弧面线轮廓度公差 0.3mm	10	超差不得分		

续表

序号	项目及技术要求	配分	评定方法	实测记录	得分
5	SR40 球面线轮廓度公差 0.3mm	15	超差不得分		
6	SR25 球面线轮廓度公差 0.3mm	15	超差不得分		
7	表面粗糙度 $Ra12.5\mu m$(6 处)	6	一处降级扣 1 分		
8	工、量、辅具摆放整齐合理	4	符合要求得分		
9	安全操作		违反一次扣 5 分		

备注:

姓名		工号		日期		教师		总分	

实训四　锉削形面练习

1. 实训内容

本练习工件为一长方铁块,其图样如图 2-4 所示,按照图样要求锉削长方铁块相关各面。

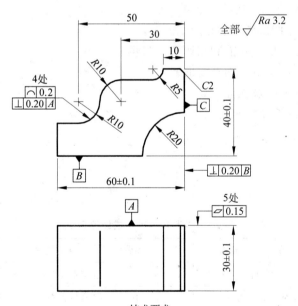

技术要求
1. 凸圆弧面锉纹全部轴向;
2. 凹圆弧面锉纹全部径向;
3. 未注尺寸公差按GB/T 1804—m。

图 2-4　形面锉削练习

2. 材料准备与学时要求

材料准备与学时要求如表 2-7 所示。

表 2-7　锉削形面练习材料准备与学时要求

工件名称	材　料	毛坯尺寸	件　数	学　时
长方铁块	Q235 钢	62×42×32	1	6

3. 工、量、辅具准备

（1）工具：划针、划规、样冲、小手锤，14″粗齿扁锉、12″中齿扁锉、10″细齿扁锉，12″粗齿半圆锉、10″中齿半圆锉、8″细齿半圆锉、12″中齿圆锉、12″细齿圆锉、10″中齿圆锉、10″细齿圆锉。

（2）量具：钢直尺，游标卡尺，($R1\sim R6.5$)、($R7\sim R14.5$)和($R15\sim R25$)的半径样板各一个，直角尺。

（3）辅具：毛刷、铜丝刷、粉笔。

4. 练习步骤

（1）粗、精锉工件外形轮廓至要求（(60 ± 0.10)mm、(30 ± 0.10)mm、(40 ± 0.10)mm）。

（2）按照图样划出加工线并打上样冲眼。

（3）锉削 $R5$mm 凹圆弧面和相切平面至要求。

（4）锉削 $R10$mm 凹圆弧面和相切平面至要求。

（5）锉削 $R10$mm 凸圆弧面至要求。

（6）锉削 $R20$mm 凹圆弧面至要求。

（7）锉削 $C2$mm 倒角面至要求。

（8）交件待验。

5. 成绩评定

成绩评定如表 2-8 所示。

表 2-8　锉削形面练习成绩评定表

序号	项目及技术要求	配分	评定方法	实测记录	得分
1	$R5$ 凹圆弧面线轮廓度公差 0.2mm	20	超差不得分		
2	$R10$ 凹圆弧面线轮廓度公差 0.2mm	10	超差不得分		
3	$R10$ 凸圆弧面线轮廓度公差 0.2mm	20	超差不得分		
4	$R20$ 凹圆弧面线轮廓度公差 0.2mm	10	超差不得分		
5	平面度公差 0.15mm（5 处）	15	超差不得分		

续表

序号	项目及技术要求	配分	评定方法	实测记录	得分
6	垂直度公差 0.2mm(5 处)	15	超差不得分		
7	表面粗糙度 $Ra3.2\mu$m(12 处)	6	一处降级扣 1 分		
8	工、量、辅具摆放整齐合理	4	符合要求得分		
9	安全操作		违反一次扣 5 分		

备注：

姓名		工号		日期		教师		总分	

13

锯削加工技术

实训一　锯削直线锯缝练习

1. 实训内容

本练习工件为一钢板,其图样如图 3-1 所示。锯削要求:首先对第 1~10 号锯缝进行试锯练习,其中对第 1~5 号锯缝采用前起锯方法起锯,并采用压线锯削锯至深度;然后对第 5~10 号锯缝采用后起锯方法起锯,并采用右侧贴线锯削锯至深度;最后对第 11~14 号锯缝进行正式锯削练习。

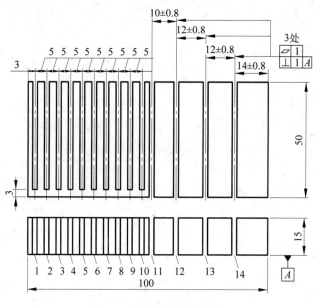

图 3-1　锯削直线锯缝练习

2. 材料准备与学时要求

材料准备与学时要求如表 3-1 所示。

表 3-1　锯削直线锯缝练习材料准备与学时要求

工件名称	材　料	毛坯尺寸	件　数	学　时
钢板	Q235 钢	100×50×15	1	6

3. 工、量、辅具准备

(1) 工具:划针、样冲、手锤、手用锯弓、锯条。

(2) 量具:钢直尺、直角尺、高度游标卡尺。

(3) 辅具:毛刷、紫色水。

4. 练习步骤

(1) 首先对 1~10 号锯缝进行试锯练习。对 1~5 号锯缝采用前起锯方法起锯,并采用压线锯削锯至深度;然后对 5~10 号锯缝采用后起锯方法起锯,并采用右侧贴线锯削锯至深度。通过以上试锯练习,要重点掌握起锯方法、全程锯削时的用力(推力和压力)和速度(33 次/min 左右)控制。能够对歪斜的锯缝进行纠正。

(2) 对 11~14 号锯缝进行正式锯削练习。要求对以上四条锯缝采用左侧贴线(锯缝离线 2mm)锯断练习,通过此练习要重点掌握全程锯削时做到锯缝平直的控制能力,能够对歪斜的锯缝进行及时、有效的纠正。

(3) 交件待验。

5. 成绩评定

成绩评定如表 3-2 所示(以第 11~14 号锯缝质量进行成绩评定)。

表 3-2　锯削直线锯缝练习成绩评定表

序号	项目及技术要求		配分	评定方法	实测记录	得分
1	尺寸	(14±0.8)mm	8	超差不得分		
2		(12±0.8)mm(2 处)	16	一处超差扣 8 分		
3		(10±0.8)mm	8	超差不得分		
4	平面度 1mm(4 面)		24	一处超差扣 4 分		
5	垂直度 1mm(4 组)		16	一处超差扣 4 分		
6	锯削姿势及操作基本正确		14	符合要求得分		
7	锯削速度((33±2)次/min)		10	符合要求得分		
8	工、量、辅具摆放整齐合理		4	符合要求得分		
9	安全操作			违反一次扣 5 分		

备注:

姓名		工号		日期		教师		总分	

实训二 锯削曲线锯缝练习

1. 实训内容

本练习工件为两块钢板,其图样如图 3-2 所示。根据图样要求,分别对凸件和凹件进行曲线锯削。

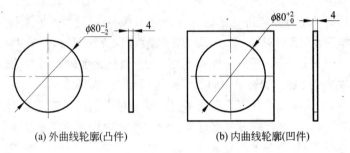

(a) 外曲线轮廓(凸件)   (b) 内曲线轮廓(凹件)

图 3-2 锯削曲线轮廓

2. 材料准备与学时要求

材料准备与学时要求如表 3-3 所示。

表 3-3 锯削曲线锯缝练习材料准备与学时要求

工件名称	材　料	毛坯尺寸	件　数	学　时
钢板(凸件)	35 钢	85×85×4	1	6
钢板(凹件)	35 钢	100×100×4	1	

3. 工、量、辅具准备

(1) 工具:划针、划规、样冲、小手锤、手用锯弓、锯条。

(2) 量具:钢直尺、直角尺、游标卡尺。

(3) 辅具:毛刷、紫色水。

4. 练习步骤

(1) 刃磨曲线锯条。

(2) 划出内外曲线锯缝加工线。

(3) 锯削外曲线锯缝(凸件)。

(4) 锯削内曲线锯缝(凹件)。

(5) 交件待验。

5. 成绩评定

成绩评定如表 3-4 所示。

表 3-4　锯削曲线锯缝练习成绩评定表

序号	项目及技术要求		配分	评定方法	实测记录	得分
1	锯条刃磨要求	(150 ± 3)mm	15	符合要求得分		
2		(5 ± 0.5)mm	15	符合要求得分		
3		圆弧过渡合理	10	符合要求得分		
4	曲线锯缝	(凸件)$\phi80_{-2}^{-1}$mm	20	超差不得分		
5		(凹件)$\phi80_{0}^{+2}$mm	20	超差不得分		
6	锯削姿势及操作基本正确		6	符合要求得分		
7	锯削速度((30 ± 2)次/min)		10	符合要求得分		
8	工、量、辅具摆放整齐合理		4	符合要求得分		
9	安全操作			违反一次扣5分		

备注：

姓名		工号		日期		教师		总分	

錾削加工技术

实训一 锤击姿势练习

1. 实训内容

本练习考核目标要求在锤击的过程中进行动态观察。基本要求为：能够稳定控制錾子的錾身倾角，能够采用松握锤的方法进行臂挥挥锤和落锤的锤击操作，臂挥挥锤幅度（高度）要完全到位、要有较大的锤击力量、锤击落点的命中率要稳定提高。本练习对象如图 4-1 所示。

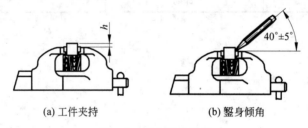

(a) 工件夹持　　　　　　　　　　(b) 錾身倾角

图 4-1　锤击姿势练习

2. 材料准备与学时要求

材料准备与学时要求如表 4-1 所示。

表 4-1　锤击姿势练习材料准备与学时要求

工件名称	材　　料	毛坯尺寸	件　　数	学　　时
练习用长方铁块	HT200	90×40×60	1	
练习用无刃扁錾	T7	180×22×22	2	6
木衬垫	木材	130×60×50	1	

3. 工、量、辅具准备

(1) 工具：无刃扁錾 2 把、(2b)手锤 1 把。

(2) 量具：钢直尺。

(3) 辅具：毛刷、木衬垫、防护眼镜。

4.练习步骤

锤击操作练习可分为四个阶段进行，以循序渐进地掌握规范的鑿削操作技术。锤击姿势练习建议采用(2b)手锤和无刃扁鑿。

(1) 第一阶段练习　本阶段主要练习(正握法)握鑿位置、(紧握法)握锤位置、站立姿态以及夹持工件(将练习件夹在钳口中部，露出钳口 10mm 左右，练习件下面放稳木垫)。

(2) 第二阶段练习　本阶段主要练习腕挥法挥锤和落锤。

(3) 第三阶段练习　本阶段主要练习肘挥法挥锤和落锤以及握鑿。

(4) 第四阶段练习　本阶段主要练习臂挥法挥锤和落锤以及握鑿。

5.成绩评定

成绩评定如表 4-2 所示(以第四阶段的操作姿势作为评定依据)。

表 4-2　锤击姿势练习成绩评定表

序号	项目及技术要求	配分	评定方法	实测记录	得分
1	工件夹持正确、合理	5	符合要求得分		
2	工具摆放正确	5	符合要求得分		
3	站立姿态正确、合理	8	符合要求得分		
4	握鑿正确	8	符合要求得分		
5	握锤(松握法)正确	15	符合要求得分		
6	鑿身倾角稳定($40°\pm5°$)	10	符合要求得分		
7	臂挥起锤到位、姿态正确	15	符合要求得分		
8	臂挥锤击稳健有力	15	符合要求得分		
9	臂挥锤击落点准确	10	符合要求得分		
10	锤击时视线方向正确	5	符合要求得分		
11	工、量、辅具摆放整齐合理	4	符合要求得分		
12	安全操作		违反一次扣 5 分		

备注：

姓名		工号		日期		教师		总分	

实训二　鑿子刃磨与热处理练习

1.实训内容

本实训工件为一把扁鑿，其图样如图 4-2 所示。根据图样要求，对其进行刃磨与热处理。

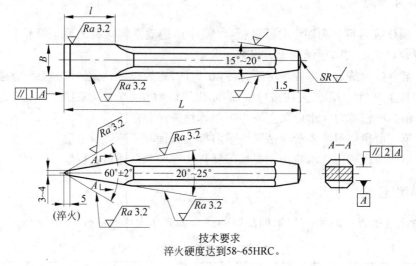

技术要求
淬火硬度达到58~65HRC。

图 4-2　扁錾刃磨与热处理

2. 材料准备与学时要求

材料准备与学时要求如表 4-3 所示。

表 4-3　錾子刃磨与热处理练习材料准备与学时要求

工件名称	材　　料	毛坯尺寸	件　　数	学　　时
扁錾	T7、T8	180×22×22	1	4

3. 工、量、辅具准备

(1) 工具：扁錾 1 把。

(2) 量具：钢直尺、角度样板。

(3) 辅具：毛刷、冷却水、防护眼镜。

4. 练习步骤

(1) 粗磨。首先磨出切削部两斜面，达到斜面夹角要求(20°~25°)；再磨出两腮面；后磨前面、后面；最后磨出錾头锥面，达到锥角要求(15°~20°)。

(2) 热处理。炉膛加热操作、淬火操作、回火操作，淬火硬度达到 58~65HRC。

(3) 精磨。精磨前、后刀面，保证前、后刀面和刃线与基准确斜面 A 的平行度要求，楔角达到 60°±2°，刃线平直；精磨两腮面保证刃口宽度(B)及副偏角(κ_r)。

(4) 交件待验。

5. 成绩评定

成绩评定如表 4-4 所示。

表 4-4　扁錾刃磨与热处理练习成绩评定表

序号	项目及技术要求		配分	评定方法	实测记录	得分
1	热处理操作	按照规定着装	5	符合要求得分		
2		炉膛加热操作正确	5	符合要求得分		
3		淬火操作正确	8	符合要求得分		
4		回火操作正确	8	符合要求得分		
5		淬火硬度达到 58～65HRC	8	符合要求得分		
6	刃磨操作	刃口宽度$(B)\pm1mm$	8	符合要求得分		
7		斜面夹角$(\varepsilon)20°\sim25°$	8	符合要求得分		
8		两斜面平行度公差 2mm	8	符合要求得分		
9		楔角$(\beta)60°\pm2°$	10	符合要求得分		
10		錾头锥角$(\gamma)15°\sim20°$	8	符合要求得分		
11		副偏角$(\kappa_r)0°$	8	符合要求得分		
12		刃线与斜面平行度公差 0.5mm	12	符合要求得分		
13	工、量、辅具摆放整齐合理		4	符合要求得分		
14	安全操作			违反一次扣 5 分		

备注：刃口宽度尺寸 B 依实际情况制订。

姓名		工号		日期		教师		总分	

实训三　錾削平面练习

1. 实训内容

本实训工件为一长方铁块,其图样如图 4-3 所示。根据图样要求,对其各平面进行錾削。

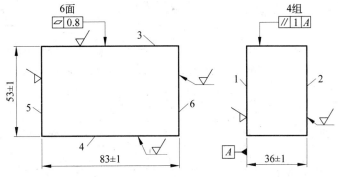

图 4-3　錾削平面练习

2. 材料准备与学时要求

材料准备与学时要求如表 4-5 所示。

表 4-5 錾削平面练习材料准备与学时要求

工件名称	材 料	毛坯尺寸	件 数	学 时
长方铁块	HT200	90×40×60	1	6

3. 工、量、辅具准备

(1) 工具:扁錾 2 把、(2b)手锤 1 把、10″中齿扁锉 1 把。

(2) 量具:钢直尺、外卡钳、直角尺、划针盘。

(3) 辅具:毛刷、木衬垫、防护眼镜。

4. 练习步骤

(1) 錾削第 1 面,达到平面度公差要求。

(2) 以第 1 面为基准,划出对面(第 2 面)尺寸为 36mm 的平面加工线,按线錾削,达到平面度和尺寸公差要求。

(3) 錾削第 3 面,达到平面度和垂直度公差要求。

(4) 以第 3 面为基准,划出对面(第 4 面)尺寸为 53mm 的平面加工线,按线錾削,达到平面度、垂直度和尺寸公差要求。

(5) 錾削第 5 面,达到平面度和垂直度公差要求。

(6) 以第 5 面为基准,划出对面(第 6 面)尺寸为 83mm 的平面加工线,按线錾削,达到平面度、垂直度和尺寸公差要求。

(7) 用锉刀修去边角毛刺。

(8) 交件待验。

5. 成绩评定

成绩评定如表 4-6 所示。

表 4-6 錾削平面练习成绩评定表

序号	项目及技术要求		配分	评定方法	实测记录	得分
1	尺寸	(36±1)mm	10	超差不得分		
2		(53±1)mm	10	超差不得分		
3		(83±1)mm	10	超差不得分		
4	平面度公差 0.8mm(6 面)		30	一处超差扣 5 分		
5	垂直度公差 1mm(4 组)		20	一处超差扣 5 分		
6	錾削姿势基本正确		8	符合要求得分		

续表

序号	项目及技术要求	配分	评定方法	实测记录	得分
7	鏨削速度和节奏合理	8	符合要求得分		
8	工、量、辅具摆放正确	4	符合要求得分		
9	安全操作		违反一次扣5分		

备注：

姓名		工号		日期		教师		总分	

实训四　鏨削直槽练习

1. 实训内容

本实训工件为一把尖鏨和一长方铁块,其图样如图 4-4 所示。根据图样要求,对尖鏨进行刃磨练习,对长方铁块进行鏨削直槽练习,对第 1~5 条直槽进行试鏨练习,对第 4~6 条直槽进行正式鏨削练习。

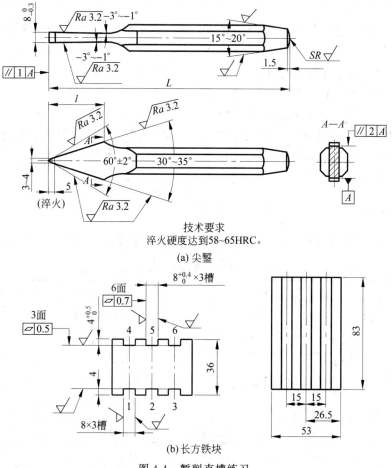

(a) 尖鏨

(b) 长方铁块

图 4-4　鏨削直槽练习

2. 材料准备与学时要求

材料准备与学时要求如表 4-7 所示。

表 4-7　錾削直槽练习材料准备与学时要求

工件名称	材　料	毛坯尺寸	件　数	学　时
尖錾	T7、T8	180×22×22	2	
长方铁块	HT200	沿用本项目实训三中的工件	1	6

3. 工、量、辅具准备

(1) 工具：尖錾 2 把、样冲、(2b)手锤 1 把。
(2) 量具：钢直尺、高度游标卡尺、内外卡钳。
(3) 辅具：毛刷、紫色水、木衬垫、防护眼镜。

4. 练习步骤

(1) 准备好两把尖錾,按照尖錾的几何形状和尺寸要求进行粗磨、热处理和精磨并达到要求。
(2) 按图样尺寸划出各槽加工线。
(3) 采用肘挥锤击法进行直槽錾削练习。
(4) 对 1~3 号直槽进行试验性錾削,逐一进行粗、精錾加工练习。
(5) 对 4~6 号直槽进行正式錾削,逐一进行粗、精錾加工并达到技术要求。
(6) 用锉刀修去槽边毛刺。
(7) 交件待验。

5. 成绩评定

成绩评定如表 4-8 所示(以第 4~6 条直槽作为成绩评定依据)。

表 4-8　錾削直槽练习成绩评定表

序号	项目及技术要求		配分	评定方法	实测记录	得分
1	尖錾刃磨	刃口宽度(B) $8_{-0.3}^{0}$mm	5	符合要求得分		
2		楔角(β)60°±2°	5	符合要求得分		
3		副偏角(κ_r)－3°~－1°	5	符合要求得分		
4		尖錾热处理正确,淬火硬度达到58~65HRC	5	符合要求得分		
5		錾头锥角(γ)15°~20°	4	符合要求得分		

序号	项目及技术要求		配分	评定方法	实测记录	得分
6	直槽尺寸	槽宽尺寸 $8^{+0.4}_{0}$ mm(3处)	15	一处超差扣5分		
7		槽深尺寸 $4^{+0.5}_{0}$ mm(3处)	15	一处超差扣5分		
8		槽侧平面度公差 0.7mm(6面)	24	一处超差扣4分		
9		槽底平面度公差 0.5mm(3面)	12	一处超差扣4分		
10		槽口形状和位置正确(6处)	6	一处超差扣2分		
11	工、量、辅具摆放正确		4	符合要求得分		
12	安全操作			违反一次扣5分		

备注：

姓名		工号		日期		教师		总分	

实训五　錾削平面油槽练习

1. 实训内容

本实训工件为一把平面油槽錾和一长方铁块,其图样如图 4-5 所示。根据图样要求,对尖錾进行刃磨练习,对长方铁块进行平面油槽錾削练习。

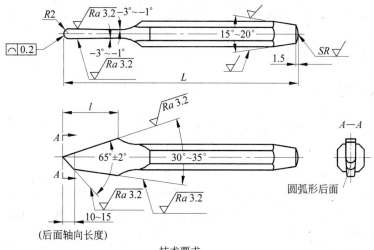

技术要求
淬火硬度达到58~65HRC。

(a) 油槽錾

图 4-5　錾削平面油槽练习

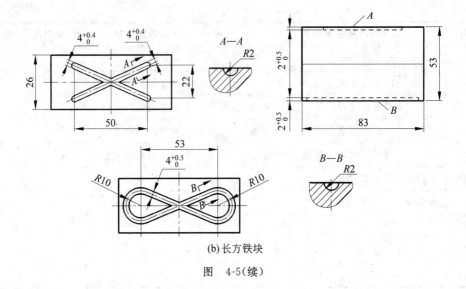

(b) 长方铁块

图 4-5(续)

2. 材料准备与学时要求

材料准备与学时要求如表 4-9 所示。

表 4-9 錾削平面油槽练习材料准备与学时要求

工件名称	材　料	毛坯尺寸	件　数	学　时
平面油槽錾	T7、T8	180×22×22	1	6
长方铁块	HT200	沿用本项目实训三中的工件	1	

3. 工、量、辅具准备

(1) 工具：平面油槽錾 1 把、划针、划规、(2b)手锤 1 把。

(2) 量具：钢直尺。

(3) 辅具：毛刷、紫色水、木衬垫、防护眼镜。

4. 练习步骤

(1) 准备好一把平面油槽錾，按照平面油槽錾的几何形状要求进行粗磨、热处理和精磨。用半径样板检查圆弧切削刃形状，精磨完成后，再用油石修磨前、后刀面，以使錾出的油槽表面比较光滑。

(2) 准备一块废铸件，在其表面进行试錾检查，在符合要求后再在工件上錾削。

(3) 按图样尺寸在工件 A、B 面上分别划出 X 形和"8"字形油槽加工线。

(4) 采用腕挥法小力量锤击錾削，锤击力量要均匀。

(5) 錾削 X 形油槽。先连续、完整錾出第一条油槽，第二条油槽分两次錾削，即錾至与第一条油槽交会后，不再连续錾下去，而是掉头从第二条油槽的另一端重新开始錾削，直至与第一条油槽交会。

（6）錾削"8"字形油槽。要把"8"字形油槽分成两大部分进行錾削,即中间两条相交的直线槽为第一部分,两边的两个半圆槽为第二部分。第一部分与錾削 X 形油槽的方法基本相同。两条相交的直线槽錾好后,再来錾两个半圆槽,錾半圆槽时,注意收錾接头处的圆滑过渡。

（7）用锉刀修去槽边毛刺。

（8）交件待验。

5. 成绩评定

成绩评定如表 4-10 所示。

表 4-10　錾削平面油槽练习成绩评定表

序号	项目及技术要求		配分	评定方法	实测记录	得分
1	平面油槽錾刃磨	圆弧刃 R2 线轮廓度 0.2	10	符合要求得分		
2		楔角$(\beta)65°\pm2°$	6	符合要求得分		
3		副偏角$(\kappa_r)-3°\sim-1°$	6	符合要求得分		
4		刃部表面粗糙度 $Ra3.2$	6	符合要求得分		
5		錾刃热处理正确,淬火硬度达到 $58\sim65HRC$	6	符合要求得分		
6	X 形油槽	槽宽尺寸 $4^{+0.4}_{0}$mm	10	符合要求得分		
7		槽深尺寸 $2^{+0.5}_{0}$mm	10	符合要求得分		
8		槽口形状和位置正确	6	符合要求得分		
9		槽面光滑	6	符合要求得分		
10	油槽尺寸	槽宽尺寸 $4^{+0.5}_{0}$mm	10	符合要求得分		
11		槽深尺寸 $2^{+0.5}_{0}$mm	10	符合要求得分		
12		槽口形状和位置正确	6	符合要求得分		
13		槽面光滑	6	符合要求得分		
14	工、量、辅具摆放正确		2	符合要求得分		
15	安全操作			违反一次扣 5 分		

备注:

姓名		工号		日期		教师		总分	

实训六　錾削曲面油槽练习

1. 实训内容

本实训工件为一把曲面油槽錾和一铸铁轴瓦,其图样如图 4-6 所示。根据图样要求,对尖錾进行刃磨练习,对铸铁轴瓦进行曲面油槽錾削练习。

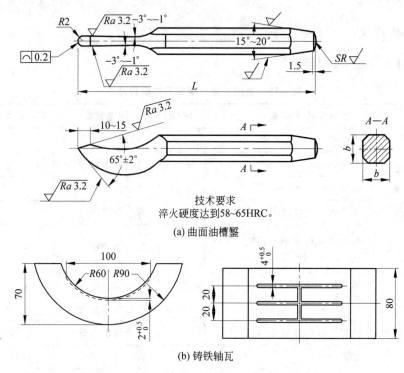

(a) 曲面油槽錾

技术要求
淬火硬度达到58~65HRC。

(b) 铸铁轴瓦

图 4-6　錾削曲面油槽练习

2. 材料准备与学时要求

材料准备与学时要求如表 4-11 所示。

表 4-11　錾削曲面油槽练习材料准备与学时要求

工件名称	材　料	毛坯尺寸	件　数	学　时
曲面油槽錾	T7、T8	180×22×22	1	4
轴瓦练习件	HT250	根据图样尺寸备料	1	

3. 工、量、辅具准备

(1) 工具:曲面油槽錾 1 把、划针、(2b)手锤 1 把。

(2) 量具:钢直尺。

（3）辅具：毛刷、紫色水、木衬垫、防护眼镜。

4. 练习步骤

（1）准备好一把曲面油槽鏨，按照曲面油槽鏨的几何形状要求进行粗磨、热处理和精磨，用半径样板检查圆弧切削刃形状；精磨完成后，再用油石修磨前、后刀面，以使鏨出的油槽表面比较光滑。

（2）准备一块铸件轴瓦，按图样尺寸在轴瓦表面划出"王"字形油槽加工线。

（3）采用腕挥法小力量锤击鏨削，锤击力量要均匀。

（4）首先依次鏨出 3 条周向油槽，然后鏨出中间轴向油槽，注意收鏨接头处的圆滑过渡。

（5）用整形锉刀修去槽边毛刺。

（6）交件待验。

5. 成绩评定

成绩评定如表 4-12 所示。

表 4-12　鏨削曲面油槽练习成绩评定表

序号	项目及技术要求		配分	评定方法	实测记录	得分
1	曲面油槽鏨刃磨	圆弧刃 $R2$ 线轮廓度 0.2mm	15	符合要求得分		
2		楔角 (β) 65°±2°	8	符合要求得分		
3		副偏角 (κ_r) −3°～−1°	8	符合要求得分		
4		刃部表面粗糙度 $Ra3.2$	8	符合要求得分		
5		正确淬火，硬度达到 58～65HRC	8	符合要求得分		
6	油槽尺寸	槽宽尺寸 $4^{+0.5}_{0}$mm	15	符合要求得分		
7		槽深尺寸 $2^{+0.5}_{0}$mm	16	符合要求得分		
8		槽口形状和位置正确	10	符合要求得分		
9		槽面光滑	10	符合要求得分		
10	工、量、辅具摆放正确		2	符合要求得分		
11	安全操作			违反一次扣 5 分		

备注：

姓名		工号		日期		教师		总分	

孔加工技术

实训一 麻花钻刃磨练习

1. 实训内容

本实训工件为一标准麻花钻钻头，其图样如图 5-1(a)所示。根据图样要求，对麻花钻进行刃磨练习，并采用样板检测(如图 5-1(b)所示)。

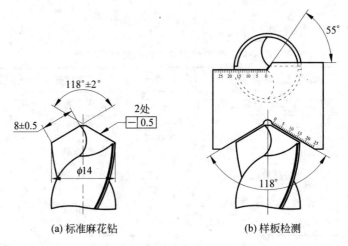

(a) 标准麻花钻　　　　　　　(b) 样板检测

图 5-1 标准麻花钻刃磨练习

2. 材料准备与学时要求

材料准备与学时要求如表 5-1 所示。

表 5-1 麻花钻刃磨练习材料准备与学时要求

工件名称	材　料	毛坯尺寸	件　数	学　时
练习钻头	HT250	φ14～φ16	1	4
标准麻花钻	W18Gr4V	φ14～φ16	1	

3. 工、量、辅具准备

(1) 工具：φ14～φ16mm 铸铁练习钻头 1 支、φ14～φ16mm 标准麻花钻 1 支。

（2）量具：钻头刃磨样板。

（3）辅具：毛刷、冷却液。

4. 练习步骤

（1）熟悉图样。

（2）由教师作刃磨示范操作。

（3）用练习钻头（$\phi14\sim\phi16$mm 的铸铁或废旧钻头）进行刃磨练习。

（4）用 $\phi14\sim\phi16$mm 的标准麻花钻进行刃磨练习。

（5）用样板检测顶角及主切削刃长度。

（6）严格遵守刃磨安全操作规程。

（7）交件待验。

5. 成绩评定

成绩评定如表 5-2 所示。

表 5-2　麻花钻刃磨练习成绩评定表

序号	项目及技术要求	配分	评定方法	实测记录	得分
1	顶角（$2\kappa_r$）118°±2°	28	符合要求得分		
2	主切削刃长度（8±0.5）mm（2 处）	20	符合要求得分		
3	主切削刃直线度公差 0.5mm（2 处）	30	符合要求得分		
4	刃磨操作正确	20	符合要求得分		
5	工、量、辅具摆放正确	2	符合要求得分		
6	安全操作		违反一次扣 5 分		

备注：

姓名		工号		日期		教师		总分	

实训二　钻孔练习

1. 实训内容

本实训工件为一长方铁块，其图样如图 5-2 所示。根据图样要求，在长方铁块上进行钻孔练习。

2. 材料准备与学时要求

材料准备与学时要求如表 5-3 所示。

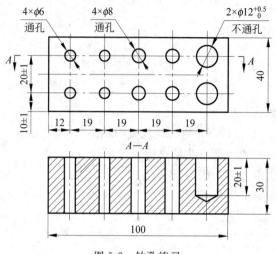

图 5-2 钻孔练习

表 5-3 钻孔练习材料准备与学时要求

工件名称	材　料	毛坯尺寸	件　数	学　时
长方铁块	Q235 钢	100×40×30	1	4

3. 工、量、辅具准备

(1) 工具：$\phi6mm$、$\phi8mm$、$\phi12mm$ 标准麻花钻 1 支，划针、划规、样冲、小手锤 1 把。

(2) 量具：钢直尺、游标卡尺、高度游标卡尺。

(3) 辅具：毛刷、紫色水、切削液。

4. 练习步骤

(1) 钻头修磨。对所用钻头进行修磨并达到基本要求。

(2) 划线。划出孔加工线和校正线、检查线，并加大圆心处的冲眼，便于钻尖定心。

(3) 装夹。装夹并校正工件。

(4) 钻孔。要求手动进给进行钻孔操作。

(5) 钻孔时加注切削液。

(6) 先钻 $\phi6mm$、$\phi8mm$ 通孔，后钻 $\phi12mm$ 不通孔，注意控制钻孔深度。

(7) 卸下工件并清理钻床。

(8) 交件待验。

5. 成绩评定

成绩评定如表 5-4 所示。

表 5-4　钻孔练习成绩评定表

序号	项目及技术要求	配分	评定方法	实测记录	得分
1	钻头修磨(3 支)基本正确	15	符合要求得分		
2	钻孔操作正确	20	符合要求得分		
3	孔心距(20±1)mm(5 组)	20	一处超差扣 4 分		
4	边心距(10±1)mm(5 处)	20	一处超差扣 4 分		
5	ϕ12mm 孔深度(20±1)mm(2 处)	10	一处超差扣 5 分		
6	$\phi12^{+0.5}_{0}$ mm(2 处)	10	一处超差扣 5 分		
7	工、量、辅具摆放合理	5	符合要求得分		
8	安全操作		违反一次扣 5 分		

备注：

姓名		工　号		日　期		教　师		总　分	

实训三　扩孔练习

1. 实训内容

在本项目实训二的基础上进行扩孔练习,将如图 5-2 所示的 4 个 ϕ8 孔扩为 ϕ12,如图 5-3 所示。

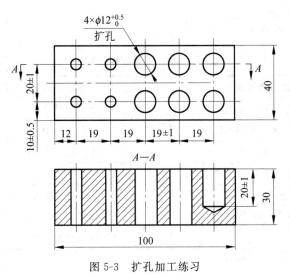

图 5-3　扩孔加工练习

2. 材料准备与学时要求

材料准备与学时要求如表 5-5 所示。

表 5-5　扩孔练习材料准备与学时要求

工件名称	材　料	毛坯尺寸	件　数	学　时
长方铁块	Q235 钢	沿用本项目实训二中的工件	1	4

3. 工、量、辅具准备

（1）工具：$\phi 12$mm 扩孔钻一支。

（2）量具：钢直尺、游标卡尺。

（3）辅具：毛刷、切削液。

4. 练习步骤

（1）选择主轴转速。

（2）装夹。装夹并校正工件，为了保证扩孔时钻头轴线与底孔轴线相重合，可用钻底孔的钻头找正。一般情况下，为保证同轴（心）度，可在钻完底孔后就直接更换扩孔钻进行扩孔。

（3）扩孔。对底孔为 $4\times\phi 8$ 的通孔用 $\phi 12$mm 扩孔钻进行扩孔。要求手动进给进行扩孔操作，注意控制扩孔深度。

（4）卸下工件并清理钻床。

（5）交件待验。

5. 成绩评定

成绩评定如表 5-6 所示。

表 5-6　扩孔练习成绩评定表

序号	项目及技术要求	配分	评定方法	实测记录	得分
1	扩孔操作正确	20	符合要求得分		
2	孔心距（20±1）mm（2 组）	20	一处超差扣 10 分		
3	孔心距（19±1）mm（2 组）	20	一处超差扣 10 分		
4	边心距（10±0.5）mm（2 处）	20	一处超差扣 10 分		
5	$\phi 12^{+0.5}_{0}$mm（2 处）	16	一处超差扣 8 分		
6	工、量、辅具摆放合理	4	符合要求得分		
7	安全操作		违反一次扣 5 分		

备注：

姓名		工　号		日　期		教　师		总　分	

实训四　锪孔练习

1. 实训内容

在本项目实训三的基础上进行锪孔练习,分别在如图 5-2 所示的 4 个 ϕ6 孔的两端锪出 4 个柱形沉孔和 4 个锥形沉孔,如图 5-4 所示。

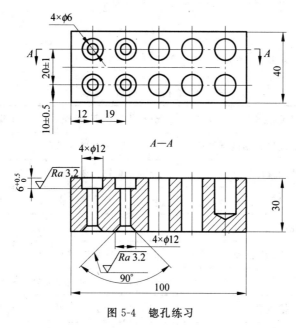

图 5-4　锪孔练习

2. 材料准备与学时要求

材料准备与学时要求如表 5-7 所示。

表 5-7　锪孔练习材料准备与学时要求

工件名称	材　　料	毛坯尺寸	件　数	学　时
长方铁块	Q235 钢	沿用本项目实训三中的工件	1	4

3. 工、量、辅具准备

(1) 工具:ϕ12mm 标准麻花钻 2 支。

(2) 量具:钢直尺、游标卡尺。

(3) 辅具:毛刷、切削液。

4. 练习步骤

(1) 用两支 ϕ12mm 标准麻花钻分别修磨改制出一支不带导柱的柱形锪钻和一支锥

形锪钻。

（2）选择主轴转速。

（3）装夹。装夹并校正工件，为了保证锪孔时钻头轴线与底孔轴线相重合，可用钻底孔的钻头找正。一般情况下，在钻完底孔后就直接更换钻头进行锪孔。

（4）锪孔。要求手动进给进行锪孔操作，注意控制锪孔深度。

（5）卸下工件并清理钻床。

（6）交件待验。

5. 成绩评定

成绩评定如表 5-8 所示。

表 5-8　锪孔练习成绩评定表

序号	项目及技术要求	配分	评定方法	实测记录	得分
1	不带导柱的柱形锪钻改制修磨	15	符合要求得分		
2	锥形锪钻改制修磨	15	符合要求得分		
3	锪孔操作正确	10	符合要求得分		
4	锪柱形沉孔（4处）正确	20	一处超差扣5分		
5	锪锥形沉孔（4处）正确	20	一处超差扣5分		
6	$Ra3.2\mu m$（8处）	16	一处超差扣2分		
7	工、量、辅具摆放合理	4	符合要求得分		
8	安全操作		违反一次扣5分		

备注：

姓名		工号		日期		教师		总分	

实训五　铰孔练习

1. 实训内容

本实训工件为一长方铁块，其图样如图 5-5 所示。根据图样要求，在长方铁块上进行铰孔练习。

2. 材料准备与学时要求

材料准备与学时要求如表 5-9 所示。

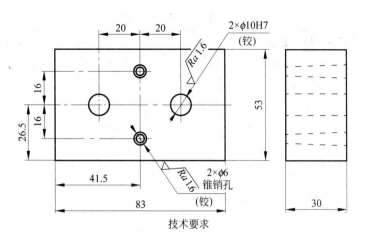

技术要求
未注尺寸公差按GB/T 1804—m。

图 5-5 铰孔练习

表 5-9 铰孔练习材料准备与学时要求

工件名称	材　料	毛坯尺寸	件　数	学　时
长方铁块	HT200	83×30×53	1	4

3. 工、量、辅具准备

(1) 工具：ϕ6mm 手用整体式圆锥铰刀 1 支、ϕ10mm 手用整体式圆柱铰刀 1 支。

(2) 量具：钢直尺、游标卡尺。

(3) 辅具：毛刷、切削液、红丹油。

4. 练习步骤

(1) 确定各孔的铰孔余量，选择钻底孔的钻头规格。

(2) 刃磨钻头并试钻，当底孔直径经试钻符合要求后再钻出底孔，并对孔口进行 C0.5 倒角。

(3) 在练习件上按图样要求划出各孔加工位置线。

(4) 铰两圆柱孔，用相应的圆柱销配检。

(5) 铰两圆锥孔，用相应的圆锥销进行试配检验，可通过在锥销上涂色检查接触面情况，接触面积大于 65% 为合格。

(6) 交件待验。

5. 成绩评定

成绩评定如表 5-10 所示。

38

表 5-10　铰孔练习成绩评定表

序号	项目及技术要求	配分	评定方法	实测记录	得分
1	ϕ6mm 锥销孔(2 处)	30	符合要求得分		
2	ϕ10mm 柱销孔(2 处)	30	符合要求得分		
3	铰孔操作正确	20	符合要求得分		
4	Ra1.2μm(4 处)	16	一处超差扣 4 分		
5	工、量、辅具摆放合理	4	符合要求得分		
6	安全操作		违反一次扣 5 分		

备注:

姓名		工号		日期		教师		总分	

螺纹加工技术

实训一　攻削螺纹练习

1. 实训内容

本实训工件为一长方铁块,其图样如图 6-1 所示。根据图样要求,在长方铁块上进行攻削螺纹练习。

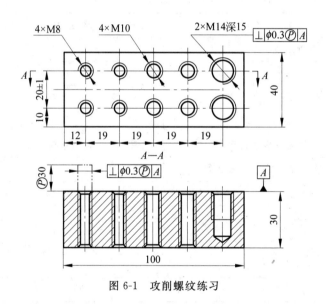

图 6-1　攻削螺纹练习

2. 材料准备与学时要求

材料准备与学时要求如表 6-1 所示。

表 6-1　攻削螺纹练习材料准备与学时要求

工件名称	材　　料	毛坯尺寸	件　　数	学　　时
长方铁块	Q235 钢	沿用项目五实训二中的工件	1	4

3. 工、量、辅具准备

(1) 工具:M8、M10、M14 底孔钻头各 1 支,M8、M10、M14 丝锥各 1 组。

（2）量具：钢直尺、游标卡尺。

（3）辅具：毛刷、切削液、切削油。

4. 练习步骤

（1）计算出 M8、M10、M14 内螺纹的底孔直径以及不通孔螺纹的钻孔深度。选用合适的夹具、量具、切削液、底孔钻头和选择主轴转速。

（2）分别钻出 M8、M10、M14 内螺纹的底孔并锪孔倒角。

（3）攻削螺纹操作，起攻后以头锥、二锥和底锥顺序攻削至标准尺寸。

（4）交件待验。

5. 成绩评定

成绩评定如表 6-2 所示。

表 6-2　攻削螺纹练习成绩评定表

序号	项目及技术要求	配分	评 定 方 法	实测记录	得分
1	钻头选择正确（3 支）	9	符合要求得分		
2	钻孔操作正确	10	符合要求得分		
3	攻削螺纹操作正确	20	符合要求得分		
4	螺纹牙形完整（10 处）	30	一处超差扣 3 分		
5	M8、M10 螺纹无明显歪斜和乱牙（8 处）	16	一处超差扣 2 分		
6	M14 内螺纹垂直度 ϕ0.3mm（2 处）	10	一处超差扣 5 分		
7	工、量、辅具摆放合理	5	符合要求得分		
8	安全操作		违反一次扣 5 分		

备注：

姓名		工 号		日 期		教 师		总 分	

实训二　套削螺纹练习

1. 实训内容

本实训工件为三根圆钢，其图样如图 6-2 所示。根据图样要求，在三根圆钢上进行套削螺纹练习。

2. 材料准备与学时要求

材料准备与学时要求如表 6-3 所示。

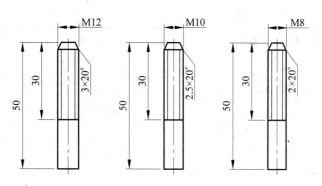

图 6-2　套削螺纹练习

表 6-3　套削螺纹练习材料准备与学时要求

工件名称	材　料	毛坯尺寸	件　数	学　时
圆钢	Q235 钢	$\phi 10 \times 50$、$\phi 12 \times 50$、$\phi 14 \times 50$	各 1	4

3. 工、量、辅具准备

（1）工具：M8、M10、M12 圆板牙各 1 块。

（2）量具：钢直尺、游标卡尺。

（3）辅具：毛刷、切削油。

4. 练习步骤

（1）计算出 M8、M10、M12 外螺纹的圆杆直径，选用合适的夹具、量具、切削液。

（2）将 $(10 \pm 0.8) \times (10 \pm 0.8) \times 50$、$(12 \pm 0.8) \times (12 \pm 0.8) \times 50$、$(14 \pm 0.8) \times (14 \pm 0.8) \times 50$ 的毛坯分别通过方锉圆的加工形式锉成 M8、M10、M12 外螺纹所需要的圆杆直径。

（3）套螺纹操作。

（4）交件待验。

5. 成绩评定

成绩评定如表 6-4 所示。

表 6-4　套削螺纹练习成绩评定表

序号	项目及技术要求	配分	评定方法	实测记录	得分
1	M8 圆杆直径符合要求	8	符合要求得分		
2	M10 圆杆直径符合要求	8	符合要求得分		
3	M12 圆杆直径符合要求	8	符合要求得分		
4	倒角正确（3 处）	15	符合要求得分		

42

序号	项目及技术要求	配分	评定方法	实测记录	得分
5	套螺纹操作正确(3处)	15	符合要求得分		
6	螺纹牙形完整(3处)	30	一处超差扣10分		
7	螺纹无明显歪斜(3处)	12	一处超差扣4分		
8	工、量、辅具摆放合理	4	符合要求得分		
9	安全操作		违反一次扣5分		

备注:

姓名		工号		日期		教师		总分	

矫正与弯形加工技术

1. 实训内容

本实训工件为一扁钢,其图样如图 7-1 所示。根据图样要求,对扁钢进行弯形操作练习。

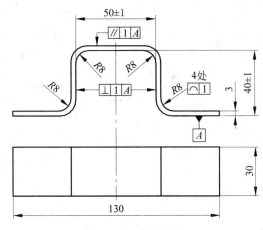

图 7-1 弯形操作练习

2. 材料准备与学时要求

材料准备与学时要求如表 7-1 所示。

表 7-1 弯形操作练习材料准备与学时要求

工件名称	材　料	毛坯尺寸	件　数	学　时
套卡	Q235 钢	220×40×3	1	4

3. 工、量、辅具准备

(1) 工具:划针、(2b)手锤。

(2) 量具:钢直尺、直角尺、($R7 \sim R14.5$)半径样板。

(3) 辅具:毛刷、胎模、垫铁。

4. 练习步骤

(1) 计算下料,划出套卡弯形位置线。

44

（2）利用胎模和垫铁，分别弯出四处直角形状至要求。

（3）检查，对有缺陷的部位作适当矫正。

（4）交件待验。

5. 成绩评定

成绩评定如表 7-2 所示。

表 7-2 弯形操作练习成绩评定表

序号	项目及技术要求	配分	评定方法	实测记录	得分
1	尺寸(40±1)mm	10	符合要求得分		
2	尺寸(50±1)mm	10	符合要求得分		
3	平行度公差1mm	10	符合要求得分		
4	垂直度公差1mm(2处)	20	一处超差扣10分		
5	弯形半径 $R8$mm 线轮廓度公差 1mm (4处)	20	一处超差扣5分		
6	弯形外圆表面无裂纹(4处)	16	符合要求得分		
7	弯形操作正确	10	符合要求得分		
8	工、量、辅具摆放合理	4	符合要求得分		
9	安全操作		违反一次扣5分		

备注：

姓名		工号		日期		教师		总分	

铆接加工技术

1. 实训内容

本实训工件为两块钢板,其图样如图 8-1 所示。根据图样要求,对这两块钢板进行铆接操作练习。

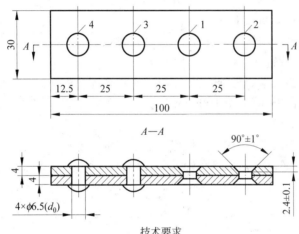

技术要求
1. 铆钉直径均为 $\phi 6$;
2. 钻孔直径均为 $\phi 6.5$;
3. 孔口倒角C0.5、去毛刺;
4. 半圆头铆钉头镦铆成形完整;
5. 用锉刀修平沉头铆钉头部高出部分。

图 8-1 铆接操作练习

2. 材料准备与学时要求

材料准备与学时要求如表 8-1 所示。

表 8-1 铆接操作练习材料准备与学时要求

工件名称	材 料	毛坯尺寸	件 数	学 时
钢板	Q235 钢	$100 \times 30 \times 4$	2	4

3. 工、量、辅具准备

(1) 工具:$\phi 6.5$mm 和 $\phi 10$mm 钻头各 1 支、手虎钳 2 把、锉刀 1 把、划针、样冲、划规、

小手锤、压紧冲头、顶模、罩模、(2b)手锤。

(2) 量具：钢直尺、直角尺、游标卡尺。

(3) 辅具：毛刷、紫色水、冷却液。

4．练习步骤

(1) 用锉刀将板料周边倒角(C0.5)，去毛刺。

(2) 划出孔加工线。

(3) 板料配合夹紧钻 $\phi6.5$mm 通孔，1～2 号孔位单面锪 90°锥孔，其余各面孔口倒角(C0.5)，去毛刺。

(4) 铆接沉头铆钉，铆接工序如下：

① 在 1 号孔位插入圆钢，注意两端伸出部分要相等。

② 用手锤镦粗、镦平两端伸出部分并充满锥孔。

③ 用锉刀修平钉头高出部分。

④ 在 2 号孔位插入圆钢，根据以上工序进行铆接。

(5) 铆接半圆头铆钉，铆接工序如下：

① 在 3 号孔位插入半圆头铆钉，用压紧冲头压紧配合板料。

② 用手锤镦粗伸出部分，初步形成铆钉头。

③ 用罩模镦压成形。

④ 在 4 号孔位插入半圆头铆钉，根据以上工序进行铆接。

注意：铆接顺序的要求是，在铆接三个及以上铆钉时，一般是从中间开始向两端顺序进行铆接。

(6) 交件待验。

5．成绩评定

成绩评定如表 8-2 所示。

表 8-2　铆接操作练习成绩评定表

序号	项目及技术要求	配分	评定方法	实测记录	得分
1	配钻孔及孔口倒角正确(4 处)	8	符合要求得分		
2	沉头铆钉铆接平整(2 处)	40	符合要求得分		
3	半圆头铆钉铆成形完整(2 处)	40	符合要求得分		
4	铆钉操作正确	8	符合要求得分		
5	工、量、辅具摆放合理	4	符合要求得分		
6	安全操作		违反一次扣 5 分		

备注：

姓名		工号		日期		教师		总分	

刮削加工技术

实训一　平面刮刀刃磨与热处理练习

1.实训内容

本实训工件为一平面刮刀,其图样如图 9-1 所示,根据要求进行刃磨与热处理练习。

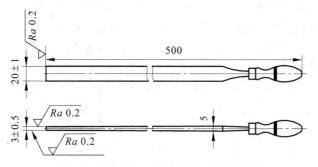

图 9-1　平面刮刀刃磨与热处理操作练习

2.材料准备与学时要求

材料准备与学时要求如表 9-1 所示。

表 9-1　平面刮刀刃磨与热处理练习材料准备与学时要求

工件名称	材　　料	毛坯尺寸	件　　数	学　　时
平面刮刀	T12A	400×22×3	1	4

3.工、量、辅具准备

(1) 工具:平面刮刀 1 把。
(2) 量具:钢直尺。
(3) 辅具:毛刷、油石、天然磨刀石、冷却水、机油。

4.练习步骤

(1) 在砂轮上粗磨平面粗刮刀刀身平面、侧面和刀头顶端面。
(2) 热处理淬火,淬火长度为 10±2mm,硬度在 60HRC 及以上。

48

（3）在细砂轮上细磨平面粗刮刀刀身平面和刀头顶端面,达到平面粗刮刀的形状及几何角度要求。

（4）在油石上精磨平面粗刮刀刀身平面和刀头顶端面。

（5）试刮工件,若刀刃不锋利或刮出的工件表面有明显丝纹,应该重新修磨。

5. 成绩评定

成绩评定如表9-2所示。

表 9-2 平面刮刀刃磨与热处理练习成绩评定表

序号	项目及技术要求		配分	评 定 方 法	实测记录	得分
1	平面粗刮刀热处理,硬度≥60HRC,无过热和过烧现象		18	符合要求得分		
2	平面粗刮刀粗、细磨操作正确		15	符合要求得分		
3	平面粗刮刀精磨操作正确		15	符合要求得分		
4	尺寸	(20±1)mm	6	符合要求得分		
5		(3±0.5)mm	6	符合要求得分		
6		$(\beta)90°\sim92.5°$	15	符合要求得分		
7		$Ra0.2\mu m$	10	符合要求得分		
8	刃口锋利、无明显丝纹		10	符合要求得分		
9	工、量、辅具摆放合理		5	符合要求得分		
10	安全操作			违反一次扣5分		

备注:

姓名		工号		日期		教师		总分	

实训二 刮削平面练习

1. 实训内容

本实训工件为一长方铁块,其图样如图9-2所示,根据要求进行刮削平面练习。

2. 材料准备与学时要求

材料准备与学时要求如表9-3所示。

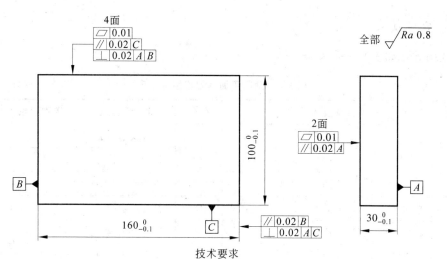

技术要求

六个面全部刮削,达到25mm×25mm范围内20点及以上。

图 9-2 刮削平面练习

表 9-3 刮削平面练习材料准备与学时要求

工件名称	材　　料	毛坯尺寸	件　　数	学　　时
长方铁块	HT200	160×100×30	1	18

3. 工、量、辅具准备

(1) 工具:平面刮刀 1 把。

(2) 量具:25mm×25mm 检测方框、钢直尺。

(3) 辅具:油石、天然磨刀石、冷却水、机油、红丹油、羊毛毡、毛刷。

4. 练习步骤

(1) 用锉刀对各棱边倒角 C1。

(2) 检查工件材料,掌握其尺寸和形位误差以及加工余量。

(3) 粗、细、精刮基准面 A,达到图样要求。

(4) 粗、细、精刮基准面 A 的对面,达到图样要求。

(5) 粗、细、精刮基准面 B,达到图样要求。

(6) 粗、细、精刮基准面 B 的对面,达到图样要求。

(7) 粗、细、精刮基准面 C,达到图样要求。

(8) 粗、细、精刮基准面 C 的对面,达到图样要求。

(9) 全面检查,并做必要的修整性刮削。

(10) 交件待验。

50

5. 成绩评定

成绩评定如表 9-4 所示。

表 9-4 刮削平面练习成绩评定表

序号	项目及技术要求		配分	评 定 方 法	实测记录	得分
1	尺寸	$30_{-0.1}^{0}$ mm	2	符合要求得分		
2		$100_{-0.1}^{0}$ mm	2	符合要求得分		
3		$160_{-0.1}^{0}$ mm	2	符合要求得分		
4	平面度 0.01mm(6 处)		18	符合要求得分		
5	平行度 0.02mm(3 组)		21	符合要求得分		
6	垂直度 0.02mm(4 组)		28	符合要求得分		
7	表面粗糙度 $Ra0.8\mu m$(6 面)		6	符合要求得分		
8	接触点达到(25mm×25mm 范围内)20 个点(6 面)		6	符合要求得分		
9	研点清晰、均匀(6 面)		6	符合要求得分		
10	无明显落刀痕、撕痕和振痕(6 面)		6	符合要求得分		
11	工、量、辅具摆放合理		3	符合要求得分		
12	安全操作			违反一次扣 5 分		

备注:

姓名		工 号		日 期		教 师		总 分	

实训三 三角刮刀刃磨与热处理练习

1. 实训内容

本实训工件为一三角刮刀,其图样如图 9-3 所示,根据要求进行三角刮刀刃磨与热处理练习。

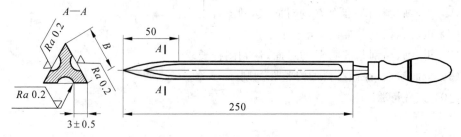

图 9-3 三角刮刃磨与热处理练习

2.材料准备与学时要求

材料准备与学时要求如表 9-5 所示。

表 9-5 三角刮刀刃磨与热处理练习材料准备与学时要求

工件名称	材　　料	毛坯尺寸	件　　数	学　　时
三角刮刀	T12A	8″(6″)废旧三角锉改制	1	4

3.工、量、辅具准备

(1) 工具:8″(6″)废旧三角锉 1 把。

(2) 量具:钢直尺。

(3) 辅具:毛刷、油石、天然磨刀石。

4.练习步骤

(1) 在砂轮上粗磨三角刮刀刀身平面及开槽、刀头圆弧面。

(2) 淬火热处理,硬度在 60HRC 及以上。

(3) 在细砂轮上细磨三角刮刀刀身平面和刀头圆弧面,达到三角刮刀的形状及几何角度要求。

(4) 在油石和天然磨刀石上精磨三角刮刀刀身平面和刀头圆弧面。

(5) 试刮工件,若刀刃不锋利或刮出的工件表面有明显丝纹,应该重新修磨。

(6) 交件待验。

5.成绩评定

成绩评定如表 9-6 所示。

表 9-6 三角刮刀刃磨与热处理练习成绩评定表

序号	项目及技术要求		配分	评 定 方 法	实测记录	得分
1	三角刮刀热处理,硬度≥60HRC,无过热和过烧现象		15	符合要求得分		
2	三角刮刀粗、细磨操作正确		15	符合要求得分		
3	三角刮刀精磨操作正确		15	符合要求得分		
4	尺寸	边长(B)±1mm	8	符合要求得分		
5		(3±0.5)mm	8	符合要求得分		
6	$Ra0.2\mu m$		10	符合要求得分		
7	圆弧刃圆滑(目测)		10	符合要求得分		
8	刃口锋利、无明显丝纹		15	符合要求得分		

续表

序号	项目及技术要求	配分	评定方法	实测记录	得分
9	工、量、辅具摆放合理	4	符合要求得分		
10	安全操作		违反一次扣5分		

备注：边长(B)根据实际情况确定。

姓名		工 号		日 期		教 师		总 分	

实训四　刮削曲面练习

1. 实训内容

本实训工件为一铸铁轴瓦,其图样如图 9-4 所示,根据要求进行刮削曲面练习。

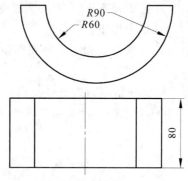

技术要求
达到25mm×25mm范围内10点及以上。

图 9-4　刮削曲面练习

2. 材料准备与学时要求

材料准备与学时要求如表 9-7 所示。

表 9-7　刮削曲面练习材料准备与学时要求

工件名称	材　　料	毛坯尺寸	件　　数	学　　时
轴瓦练习件	HT250	根据图样尺寸备料	1	12

3. 工、量、辅具准备

(1) 工具：平面刮刀 1 把。

(2) 量具：25mm×25mm 检测方框、钢直尺。

（3）辅具：油石、天然磨刀石、冷却水、机油、红丹油、羊毛毡、毛刷。

4. 练习步骤

（1）检查工件材料，掌握其尺寸和形位误差以及加工余量。

（2）粗刮曲面，达到每 25mm×25mm 范围内 5 个接触点。

（3）细刮曲面，达到每 25mm×25mm 范围内 8 个接触点。

（4）精刮曲面，达到每 25mm×25mm 范围内 10 个接触点。

（5）全面检查，并做必要的修整性刮削。

（6）交件待验。

5. 成绩评定

成绩评定如表 9-8 所示。

表 9-8　曲面刮削练习成绩评定表

序号	项目及技术要求	配分	评定方法	实测记录	得分
1	表面粗糙度 $Ra0.8\mu m$	20	符合要求得分		
2	接触点达到（25mm×25mm 范围内）10 个点	30	符合要求得分		
3	研点清晰、均匀	20	符合要求得分		
4	无明显落刀痕、撕痕和振痕	25	符合要求得分		
5	工、量、辅具摆放合理	5	符合要求得分		
6	安全操作		违反一次扣 5 分		

备注：

姓名		工号		日期		教师		总分	

研磨加工技术

1. 实训内容

本实训工件为一刀口形 90°角尺，其图样如图 10-1 所示，根据要求进行平面研磨练习。

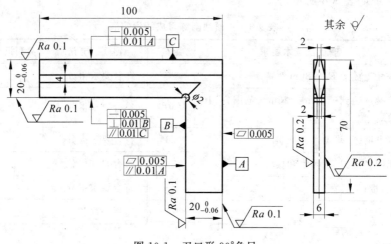

图 10-1 刀口形 90°角尺

2. 材料准备与学时要求

材料准备与学时要求如表 10-1 所示。

表 10-1 平面研磨练习材料准备与学时要求

工件名称	材　料	毛坯尺寸	件　数	学　时
刀口形 90°角尺	45 钢	沿用项目十二实训二中的工件	1	12

3. 工、量、辅具准备

（1）工具：W40～W20 研磨粉、W14～W7 研磨粉。

（2）量具：千分表及表架。

（3）辅具：毛刷、导靠块 1 个。

4.练习步骤

（1）对本工件要求采用直线研磨运动轨迹进行研磨。

（2）选用 W280～W100 研磨粉对 90°角尺尺身两平面做粗研磨，达到表面粗糙度 $Ra0.4\mu m$。

（3）选用 W40～W20 研磨粉对尺座的内、外测量面做粗研磨，用导靠块做依靠，首先粗研尺座的外测量面，然后粗研尺座的内测量面。

（4）选用 W40～W20 研磨粉对尺苗的内、外测量面做粗研磨，用导靠块做依靠，首先粗研尺苗的外测量面，然后粗研尺苗的内测量面。

（5）选用 W14～W7 研磨粉对尺座的内、外测量面做精研磨，用导靠块做依靠，首先精研尺座的外测量面，然后精研尺座的内测量面。达到两测量面平面度 0.005mm、平行度 0.01mm、直线度 0.005mm、表面粗糙度 $Ra0.1\mu m$ 要求。

（6）选用 W14～W7 研磨粉对尺苗的内、外测量面做精研磨，用导靠块做依靠，首先精研尺苗的外测量面，然后精研尺苗的内测量面。达到两测量面直线度 0.005mm、平行度 0.01mm、垂直度 0.01mm、表面粗糙度 $Ra0.1\mu m$ 要求。

（7）选用 W40～W20 研磨粉精研角尺两平面，达到表面粗糙度 $Ra0.2\mu m$ 要求。

（8）交件待验。

5.成绩评定

成绩评定如表 10-2 所示。

表 10-2　平面研磨练习成绩评定表

序号	项目及技术要求		配分	评 定 方 法	实测记录	得分
1	尺座	平面度 0.005mm(2 处)	12	符合要求得分		
2		平行度 0.01mm	7	符合要求得分		
3		表面粗糙度 $Ra\leqslant0.1\mu m$(2 处)	14	符合要求得分		
4	尺苗	直线度 0.005mm(2 处)	12	符合要求得分		
5		垂直度 0.01mm(2 处)	14	符合要求得分		
6		平行度 0.01mm	7	符合要求得分		
7		表面粗糙度 $Ra\leqslant0.1\mu m$(2 处)	14	符合要求得分		
8	尺身	尺寸 $20_{-0.06}^{0}$mm(2 处)	10	符合要求得分		
9	侧面表面粗糙度 $Ra\leqslant0.2\mu m$(2 处)		5	符合要求得分		
10	工、量、辅具摆放合理		5	符合要求得分		
11	安全操作			违反一次扣 5 分		

备注：

姓名		工 号		日 期		教师		总 分	

锉配加工技术

实训一 四方体锉配练习

1. 实训内容

本实训工件为四方体锉配,其图样如图 11-1 所示,根据要求进行四方体锉配练习。

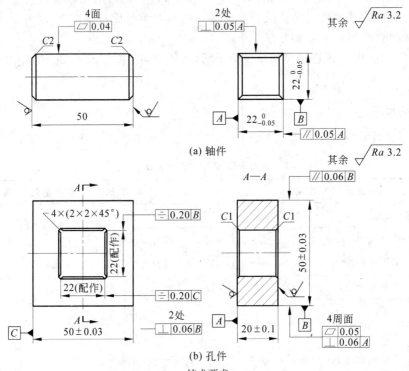

(a) 轴件

(b) 孔件

技术要求
1. 以轴件为基准件、孔件为配作件;
2. 换向配合间隙≤0.1mm;
3. 试配时不允许敲击;
4. 用手锯对四方孔清角(锯出2×2×45°工艺槽);
5. 轴件倒角C0.1,孔件周面倒角C0.4;
6. 未注尺寸公差按GB/T 1804—m。

图 11-1 四方体锉配

2. 材料准备与学时要求

材料准备与学时要求如表 11-1 所示。

表 11-1　四方体锉配练习材料准备与学时要求

工件名称	材　　料	毛坯尺寸	件　　数	学　　时
轴件	35 钢	25×25×50	1	18
孔件	35 钢	52×52×20	1	

3. 工、量、辅具准备

（1）工具：14″粗齿平锉 1 把、12″中齿平锉 1 把、10″细齿平锉 1 把、8″双细齿平锉 1 把、整形锉 1 套、划针、样冲、小手锤、手用锯弓 1 把。

（2）量具：钢直尺、0～25mm 外径千分尺、游标卡尺、高度游标卡尺、直角尺、刀形样板平尺、塞尺。

（3）辅具：毛刷、紫色水、红丹油、铜丝刷、粉笔。

4. 练习步骤

（1）轴件加工。

① 粗、精锉基准面 A，达到平面度要求。

② 粗、精锉基准面 A 的对面，达到平面度、平行度和尺寸要求。

③ 粗、精锉基准面 B，达到平面度和垂直度要求。

④ 粗、精锉基准面 B 的对面，达到平面度、平行度、垂直度和尺寸要求。

⑤ 全面检查形位精度和尺寸精度，并做必要修整。

⑥ 理顺锉纹，四面锉纹纵向并达到表面粗糙度要求。

⑦ 四棱柱倒角 C0.1，两端倒角 C2。

（2）孔件加工。

① 外形轮廓加工。

• 粗、精锉 B 基准面，达到平面度和垂直度要求。

• 粗、精锉 B 基准面的对面，达到尺寸、平面度和平行度要求。

• 粗、精锉 C 基准面，达到平面度和垂直度要求。

• 粗、精锉 C 基准面的对面，达到尺寸、平面度、平行度和垂直度要求。

• 全面检查形位精度和尺寸精度，并做必要修整。

• 光整锉削，理顺锉纹，四面锉纹纵向并达到表面粗糙度要求。

• 四周面倒角 C0.4。

② 划线操作。根据图样，对孔件进行划线操作，根据高度方向实际尺寸（50mm±0.03mm）的对称中心和宽度方向实际尺寸（50mm±0.03mm）的对称中心，以 B、C 两面为基准划出十字中心线；再以十字中心线为基准在 A 面和其对面划出 φ18mm 工艺孔和 22mm×22mm 四方孔的加工线，检查无误后打上冲眼。

③ 工艺孔加工。钻出 φ18mm 工艺孔。

④ 锉削四方孔。

• 粗锉四方孔，按线粗锉四方孔各面，单边留 0.5mm 半精加工余量。

- 用手锯对四方孔清角（2×2×45°）。
- 半精锉四方孔，以 C 面为基准精锉四方孔第 1 面和第 2 面，以 B 面为基准精锉四方孔第 3 面和第 4 面，单边留 0.1mm 的试配余量，注意控制与 A 基准面的垂直度要求和与 B、C 基准面的对称度要求，孔口倒角 C1。

（3）锉配加工。

① 同向锉配。开始锉配时，要以轴件端部一角插入孔件 A 基准面孔口进行试配，轴件与孔件进行同向锉配。试配前，可以在四方孔的四面涂抹显示剂，这样接触痕迹就很清晰，便于确定修锉部位。当轴件全部通过四方孔后，定向锉配完成。

② 换向锉配。同向锉配完成后，将轴件径向旋转 90°进行换位试配，换向锉配时，一般只需作微量修锉即可。当轴件全部通过四方孔后，换向锉配完成。

（4）交件待验。

5. 成绩评定

成绩评定如表 11-2 所示。

表 11-2　四方体锉配练习成绩评定表

序号		项目及技术要求	配分	评定方法	实测记录	得分
1	轴件	尺寸：$22_{-0.05}^{0}$mm（2 处）	8	符合要求得分		
2		平面度 0.04mm（4 处）	10	符合要求得分		
3		平行度 0.05mm（2 处）	6	符合要求得分		
4		垂直度 0.05mm（2 处）	6	符合要求得分		
5		表面粗糙度 $Ra \leqslant 3.2\mu$m（4 处）	8	符合要求得分		
6	孔件	尺寸：（50±0.03）mm（2 处）	6	符合要求得分		
7		平面度 0.05mm（4 处）	10	符合要求得分		
8		平行度 0.06mm（2 处）	6	符合要求得分		
9		垂直度 0.06mm（2 处）	6	符合要求得分		
10		对称度 0.20mm（2 处）	6	符合要求得分		
11		表面粗糙度 $Ra \leqslant 3.2\mu$m（4 处）	8	符合要求得分		
12		清角（4 处）	4	符合要求得分		
13	配合	换向配合间隙≤0.1mm（2 处）	14	符合要求得分		
14		工、量、辅具摆放合理	2	符合要求得分		
15		安全操作		违反一次扣 5 分		

备注：

姓名		工 号		日 期		教 师		总 分	

实训二 凸凹体锉配练习

1. 实训内容

本实训工件为凸凹体,其图样如图 11-2 所示,根据要求进行凸凹体锉配练习。

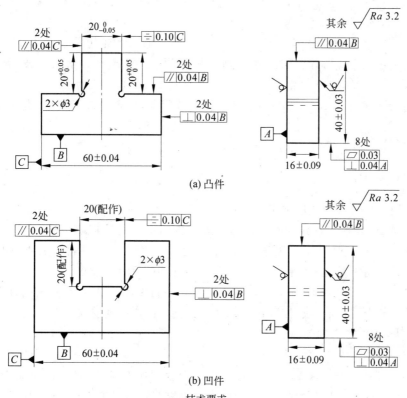

(a) 凸件

(b) 凹件

技术要求
1. 以凸件为基准件、凹件为配作件;
2. 换向配合间隙≤0.10mm;
3. 侧面错位量≤0.10mm;
4. 大平面错位量≤0.10mm;
5. 凸件、凹件各面倒角$C0.40$;
6. 用钻头钻出$\phi 3$工艺孔;
7. 试配时不允许敲击;
8. 未注尺寸公差按GB/T 1804—m。

图 11-2 凸凹体锉配

2. 材料准备与学时要求

材料准备与学时要求如表 11-3 所示。

表 11-3　凸凹体锉配练习材料准备与学时要求

工件名称	材　料	毛坯尺寸	件　数	学　时
凸件	35 钢	62×42×16	1	24
凹件	35 钢	62×42×16	1	

3. 工、量、辅具准备

(1) 工具：14″粗齿平锉 1 把、12″中齿平锉 1 把、10″细齿平锉 1 把、8″双细齿平锉 1 把、整形锉 1 套、划针、样冲、小手锤、手用锯弓 1 把、$\phi3mm$ 钻头 1 支、$\phi6mm$ 钻头 1 支。

(2) 量具：钢直尺、0～25mm 外径千分尺、游标卡尺、高度游标卡尺、直角尺、刀形样板平尺、塞尺。

(3) 辅具：毛刷、紫色水、红丹油、铜丝刷、粉笔。

4. 练习步骤

(1) 凸件、凹件外形轮廓加工。

① 锉削 B 基准面，达到平面度和与 A 基准面的垂直度要求。

② 锉削 B 基准面的对面，达到尺寸、平面度、平行度和与 A 基准面的垂直度要求。

③ 锉削 C 基准面，达到平面度和与 A、B 基准面的垂直度要求。

④ 锉削 C 基准面的对面，达到尺寸、平面度、平行度和与 A、B 基准面的垂直度要求。

⑤ 光整锉削，理顺锉纹，四面锉纹纵向并达到表面粗糙度要求。

⑥ 四周面倒角 C0.40。

(2) 划线操作。

① 凸件划线操作。根据图样，划出凸件凸台轮廓加工线；以 B 面的对面为辅助基准从上面下降 20mm，划出凸台高度方向加工线；再以 C 面为基准、以长度实际尺寸（60mm）的 1/2（对称中心线）为辅助基准划出凸台宽度方向（20mm）的加工线，划出 $\phi3mm$ 工艺孔加工线，检查无误后在相关各面打上冲眼。

② 凹件划线操作。根据图样，划出凹槽轮廓加工线，以 B 面的对面为辅助基准从上面下降 20mm，划出凹槽深度加工线；再以 C 面为基准、以宽度实际尺寸（60mm）的 1/2（对称中心线）为辅助基准划出凹槽宽度（20mm）加工线，划出 $\phi3mm$ 工艺孔加工线，检查无误后在相关各面打上冲眼。

(3) 工艺孔加工。

根据图样在凸件和凹件上钻出 $\phi3mm$ 工艺孔并用 $\phi6mm$ 钻头扩孔，同时在凹件上钻出工艺排孔。

(4) 凸件加工。

① 按线锯除右侧一角多余部分，留 1mm 粗锉余量。

② 粗锉、半精锉右台肩面 1 和右垂直面 2，留 0.1mm 的精锉余量。

③ 精锉右台肩面 1，用工艺尺寸 X_1（$20_{-0.05}^{0}$mm）间接控制凸台高度尺寸 $20_{0}^{+0.05}$mm，

达到右台肩面 1 与 B 基准面的平行度、与 A 基准面的垂直度以及自身的平面度。工艺尺寸 $X_1(20_{-0.05}^{\ 0}\text{mm})$ 是由高度尺寸 40mm 的实际尺寸减去凸台高度尺寸 $20_{\ 0}^{+0.05}\text{mm}$ 得到，这样可以间接控制凸台高度尺寸 $20_{\ 0}^{+0.05}\text{mm}$。

④ 精锉右垂直面 2，用工艺尺寸 $X_2(40_{-0.05}^{\ 0}\text{mm})$ 间接控制对称度要求，达到右垂直面 2 与 C 基准面的平行度、与 A 基准面的垂直度以及自身的平面度要求。

⑤ 按线锯除左侧一角多余部分，留 1mm 粗锉余量。

⑥ 粗锉、半精锉左台肩面 3 和左垂直面 4，留 0.1mm 的精锉余量。

⑦ 精锉左台肩面 3，用工艺尺寸 $X_3(20_{-0.05}^{\ 0}\text{mm})$ 间接控制凸台高度尺寸 $20_{\ 0}^{+0.05}\text{mm}$，达到左台肩面与 B 基准面的平行度、与 A 基准面的垂直度以及自身的平面度要求。

⑧ 精锉左垂直面，注意控制凸台宽度尺寸（$20_{-0.05}^{\ 0}\text{mm}$）、左垂直面与右垂直面的平行度、与 A 基准面的垂直度以及自身的平面度。

⑨ 对 1、2、3、4 面倒角 $C0.4$。

⑩ 全面检查并做必要的修整。

⑪ 理顺锉纹，四面锉纹纵向并达到表面粗糙度要求。

(5) 凹件加工。

① 首先除去凹槽多余部分，用手锯在凹槽两侧宽度加工线内 1mm 处自上而下锯至底平面线上 1mm，然后接着将多余部分交叉锯掉，也可用手锤和扁冲錾冲掉多余部分，单边至少留 1mm 的粗锉余量。

② 按线粗锉左右垂直面 1、2 和底平面 3，单边留 0.5mm 的半精锉余量。

③ 根据凸件凸台的实际宽度尺寸，半精锉左、右垂直面 1、2，单边留 0.1mm 的试配余量，注意控制与 C 基准面的对称度要求和与 A 基准面的垂直度要求。根据凸件凸台的实际高度尺寸，半精锉底平面 3，单边留 0.1mm 的试配余量，注意控制与 A 基准面的垂直度要求。

④ 对槽内 1、2、3 面倒角 $C0.4$。

(6) 锉配加工。

① 同向锉配。开始锉配时，要以凸件凸台的端部左、右角插入凹件的凹槽进行试配，凸件与凹件进行同向锉配、修锉。试配前，可以在凹槽的两侧面涂抹显示剂，这样接触痕迹就很清晰，便于确定修锉部位。

② 换向锉配。锉配过程中，凸件与凹件要进行换位锉配，即将凸件径向旋转 180° 进行换位试配，修锉。

③ 当凸件全部配入凹件，且换向配合间隙 ≤0.1mm、侧面错位量 ≤0.10mm，锉配完成。

(7) 交件待验。

5. 成绩评定

成绩评定如表 11-4 所示。

表 11-4 凸凹体锉配练习成绩评定表

序号	项目及技术要求		配分	评 定 方 法	实测记录	得分
1	凸件	$20_{-0.05}^{\ 0}$mm	4	符合要求得分		
2		$20_{\ 0}^{+0.05}$mm(2 处)	6	符合要求得分		
3		(60±0.04)mm	2	符合要求得分		
4		(40±0.03)mm	2	符合要求得分		
5		平面度 0.03mm(8 处)	16	符合要求得分		
6		平行度 0.04mm(2 处)	3	符合要求得分		
7		垂直度 0.04mm(2 处)	3	符合要求得分		
8		对称度 0.10mm	4	符合要求得分		
9		表面粗糙度 $Ra \leqslant 3.2\mu$m(8 处)	4	符合要求得分		
10		清角(2 处)	2	符合要求得分		
11	凹件	(60±0.04)mm	2	符合要求得分		
12		(40±0.03)mm	2	符合要求得分		
13		平面度 0.03mm(8 处)	16	符合要求得分		
14		平行度 0.04mm(2 处)	3	符合要求得分		
15		垂直度 0.04mm(2 处)	3	符合要求得分		
16		对称度 0.10mm	4	符合要求得分		
17		表面粗糙度 $Ra \leqslant 3.2\mu$m(8 处)	8	符合要求得分		
18		清角(2 处)	2	符合要求得分		
19	配合	换向配合间隙≤0.1mm(2 处)	8	符合要求得分		
20		大平面错位量≤0.1mm	4	符合要求得分		
21	工、量、辅具摆放合理		2	符合要求得分		
22	安全操作			违反一次扣 5 分		

备注：

姓名		工号		日期		教师		总分	

实训三　内外角度样板锉配练习

1. 实训内容

本实训工件为内外角度样板,其图样如图 11-3 所示,根据要求进行内外角度样板锉配练习。

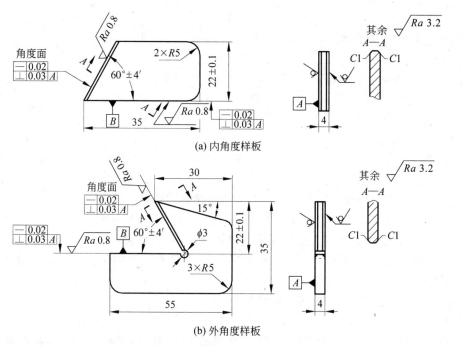

(a) 内角度样板

(b) 外角度样板

技术要求
1. 以内角度样板为基准件、外角度样板配作；
2. 配合间隙≤0.03mm；
3. 内外角度样板非角度面倒角C0.4；
4. 用钻头钻出φ3工艺孔；
5. 研磨两工作面；
6. 未注尺寸公差按GB/T 1804—m。

图 11-3 内外角度样板锉配

2. 材料准备与学时要求

材料准备与学时要求如表 11-5 所示。

表 11-5 内外角度样板锉配练习材料准备与学时要求

工件名称	材　　料	毛坯尺寸	件　　数	学　　时
内角度样板	45 钢	36×22×4	1	12
外角度样板	45 钢	46×36×4	1	

3. 工、量、辅具准备

（1）工具：12″中齿平锉 1 把、10″细齿平锉 1 把、8″双细齿平锉 1 把、整形锉一套、划针、样冲、小手锤、手用锯弓 1 把、φ3mm 钻头 1 支、φ6mm 钻头 1 支。

（2）量具：钢直尺、游标卡尺、高度游标卡尺、直角尺、刀形样板平尺、塞尺、万能角度尺。

（3）辅具：毛刷、紫色水、红丹油、W280～W100 研磨粉、铜丝刷、粉笔。

4. 练习步骤

（1）内角度样板加工。

① 外形轮廓加工。

② 粗、精锉 B 基准面,达到直线度和与 A 基准面的垂直度要求。

③ 按照图样划出角度面加工线、锯除多余部分。

④ 粗、精锉角度面,达到直线度、与 B 基准面的角度以及与 A 基准面的垂直度要求。

⑤ 角度面倒角 C1,非角度面倒角 C0.5。

(2) 外角度样板加工。

① 外形轮廓加工。

② 按照图样划出角度及工艺孔加工线,钻出 $\phi3mm$ 工艺孔并用 $\phi6mm$ 钻头扩孔,锯除多余部分。

③ 粗锉 B 基准面和角度面,留 0.5mm 的半精加工余量。

④ 半精锉 B 基准面,留 0.1mm 的精锉余量。

⑤ 精锉 B 基准面,达到直线度及与 A 基准面的垂直度要求。

⑥ 以 B 面为基准,精锉角度面,达到直线度、与 B 基准面的角度以及与 A 基准面的垂直度要求。

⑦ 角度面倒角 C1,非角度面倒角 C0.4。

(3) 研磨加工。

选用 W280～W100 研磨粉对内外角度样板工作面做研磨,达到表面粗糙度 $Ra0.8\mu m$ 要求。

(4) 交件待验。

5. 成绩评定

成绩评定如表 11-6 所示。

表 11-6 内外角度样板锉配练习成绩评定表

序号	项目及技术要求		配分	评定方法	实测记录	得分
1	内角度样板	(22±0.1)mm	8	符合要求得分		
2		60°±4′	8	符合要求得分		
3		直线度 0.02mm(2 处)	16	符合要求得分		
4		垂直度 0.03mm(2 处)	4	符合要求得分		
5		倒角 C1	4	符合要求得分		
6		表面粗糙度 $Ra\leqslant0.8\mu m$(2 处)	5	符合要求得分		
7	外角度样板	(20±0.1)mm	8	符合要求得分		
8		60°±4′	8	符合要求得分		
9		直线度 0.02mm(2 处)	16	符合要求得分		
10		垂直度 0.03mm(2 处)	4	符合要求得分		
11		倒角 C1	3	符合要求得分		
12		表面粗糙度 $Ra\leqslant0.8\mu m$(2 处)	5	符合要求得分		

序号	项目及技术要求		配分	评定方法	实测记录	得分
13	配合	配合间隙≤0.03mm	9	符合要求得分		
14		工、量、辅具摆放合理	2	符合要求得分		
15	安全操作			违反一次扣5分		

备注：

姓名		工号		日期		教师		总分	

实训四　燕尾体锉配练习

1. 实训内容

本实训工件为燕尾体，其图样如图 11-4 所示，根据要求进行燕尾体锉配练习。

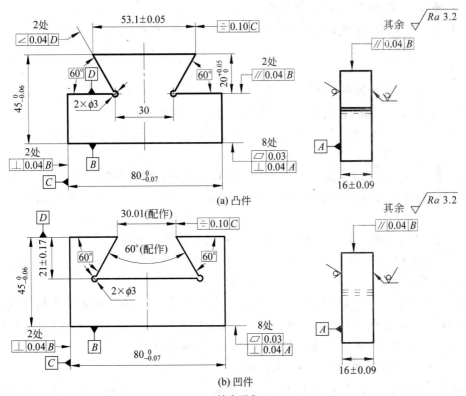

(a) 凸件

(b) 凹件

技术要求
1. 以凸件为基准件，凹件为配作件；
2. 换向配合间隙≤0.10mm；
3. 侧面错位量≤0.10mm；
4. 凸件、凹件各面倒角C0.40；
5. 用钻头钻出φ3工艺孔；
6. 试配时不允许敲击；
7. 未注尺寸公差按GB/T 1804—m。

图 11-4　燕尾体锉配

2.材料准备与学时要求

材料准备与学时要求如表 11-7 所示。

表 11-7 燕尾体锉配练习材料准备与学时要求

工件名称	材　料	毛坯尺寸	件　数	学　时
凸件	35 钢	62×42×16	1	30
凸件	35 钢	62×42×16	1	

3.工、量、辅具准备

(1) 工具：14″粗齿平锉 1 把、12″中齿平锉 1 把、10″细齿平锉 1 把、8″双细齿平锉 1 把、整形锉 1 套、划针、样冲、小手锤、手用锯弓 1 把、ϕ3mm 钻头 1 支、ϕ6mm 钻头 1 支。

(2) 量具：钢直尺、游标卡尺、50～75mm 外径千分尺、高度游标卡尺、直角尺、刀形样板平尺、塞尺、万能角度尺、60°角度样板（自制）。

(3) 辅具：毛刷、紫色水、红丹油、ϕ10 标准量棒 2 支、铜丝刷、粉笔。

4.练习步骤

(1) 凸件、凹件外形轮廓加工。

① 粗、精锉 B 基准面，达到平面度及与 A 基准面的垂直度要求。

② 粗、精锉 B 基准面的对面，达到尺寸、平面度、平行度及与 A 基准面的垂直度要求。

③ 粗、精锉 C 基准面，达到平面度及与 A、B 基准面的垂直度要求。

④ 粗、精锉 C 基准面的对面，达到尺寸、平面度、平行度及与 A、B 基准面的垂直度要求。

⑤ 光整锉削，理顺锉纹，四面锉纹纵向并达到表面粗糙度要求。

⑥ 四周面倒角 C0.40。

(2) 划线操作。

① 凸件划线操作。根据图样，划出凸燕尾轮廓加工线；以 B 面的对面为辅助基准从上面下降 20mm，划出凸燕尾高度加工线；再以宽度实际尺寸（80mm）的 1/2（对称中心线）为辅助基准划出凸燕尾大端宽度（53.1mm）和小端宽度（30mm）加工线；划出 ϕ3 工艺孔加工线，检查无误在相关各面后打上冲眼。

② 凹件划线操作。根据图样，划出燕尾槽轮廓加工线；以 B 面的对面为辅助基准从上面下降 21mm 划出燕尾槽深度加工线；再以宽度实际尺寸（80mm）的 1/2（对称中心线）为辅助基准划出燕尾槽大端宽度（54.26mm）和小端宽度（30mm）加工线，划出 ϕ3 工艺孔加工线，检查无误后在相关各面打上冲眼。

(3) 工艺孔加工。

根据图样在凸件和凹件上钻出 ϕ3mm 工艺孔并用 ϕ6mm 钻头扩孔，同时在凹件上钻出工艺排孔。

（4）凸件加工。

① 按线锯除右侧一角多余部分，留 1mm 粗锉余量。

② 粗锉、半精锉右台肩面 1 和右角度面 2，留 0.1mm 的精锉余量。

③ 精锉右台肩面 1，用工艺尺寸 X_1（$25_{-0.05}^{\ 0}$ mm）间接控制燕尾高度尺寸 $20_{0}^{+0.05}$ mm，注意控制右台肩面 1 与 B 基准面的平行度、与 A 基准面的垂直度以及自身的平面度。

④ 精锉右角度面 2，用工艺尺寸 X_2（68.66mm±0.05mm）间接控制其与 C 基准面的对称度要求，注意控制其与 A 基准面的垂直度以及自身的平面度，用角度样板控制右角度面 2 与辅助基准面 D 的倾斜度公差。

⑤ 按线锯除左侧一角多余部分，留 1mm 粗锉余量。

⑥ 粗锉、半精锉左台肩面 3 和左角度面 4，留 0.1mm 的精锉余量。

⑦ 精锉左台肩面 3，用工艺尺寸 X_3（$25_{-0.05}^{\ 0}$ mm）间接控制燕尾高度尺寸 $20_{0}^{+0.05}$ mm，注意控制左台肩面与 B 基准面的平行度、与 A 基准面的垂直度以及自身的平面度。

⑧ 精锉左角度面 4，用工艺尺寸 X_4（57.32mm±0.05mm）间接控制尺寸（53.1mm±0.05mm）及其与 C 基准面的对称度要求，注意控制其与 A 基准面的垂直度以及自身的平面度，可用角度样板控制左角度面 4 与辅助基准面 D 的倾斜度公差。

⑨ 对 1、2、3、4 面倒角 $C0.4$。

⑩ 全面检查并做必要的修整。

⑪ 理顺锉纹，四面锉纹纵向并达到表面粗糙度要求。

（5）凹件加工。

① 首先除去燕尾槽内多余部分，用手锯在燕尾槽两侧角度加工线内 1mm 处自上而下锯至底平面线上 1mm；然后接着将多余部分交叉锯掉，单边至少留 1mm 的粗锉余量。

② 按线粗锉底平面 1 和左右角度面 2、3，单边留 0.5mm 的半精锉余量。

③ 精锉燕尾槽底平面，由于燕尾槽底平面为非配合面，可直接锉至要求，槽深尺寸（21mm±0.17mm）可由工艺尺寸 X_1（24mm±0.17mm）进行间接控制，达到与基准面 A 的垂直度以及自身的平面度要求。

④ 根据凸件燕尾体的实际宽度尺寸，半精锉左角度面 2，单边留 0.10mm 的试配余量，通过工艺尺寸 X_2（$26.53_{+0.05}^{+0.1}$）间接控制其与基准面 C 的对称度，注意控制其与基准面 A 的垂直度以及自身的平面度，可用角度样板控制左角度面 2 与辅助基准面 D 的倾斜度公差。

⑤ 根据凸件燕尾体的实际宽度尺寸，半精锉右角度面 3，单边留 0.10mm 的试配余量，通过工艺尺寸 X_3（$26.53_{+0.05}^{+0.1}$）间接控制其与 C 基准面的对称度要求，注意控制其与 A 基准面的垂直度以及自身的平面度，可用角度样板控制左角度面 2 与辅助基准面 D 的倾斜度公差。

⑥ 对槽内 1、2、3 面倒角 $C0.4$。

⑦ 全面检查并做必要的修整。

⑧ 理顺锉纹，三面锉纹纵向并达到表面粗糙度要求。

（6）锉配加工。

① 同向锉配。凸件与凹件进行同向锉配。试配前,可以在凹槽的两侧角度面涂抹显示剂,这样试配时的接触痕迹就很清晰,便于确定修锉部位。

② 换向锉配。锉配过程中,凸件与凹件要进行换向锉配,即将凸件径向旋转180°进行换向试配、修锉。

③ 当凸件全部配入凹件,凸燕尾体两角度面和两台肩面与凹件相对应的面全部接触,且换向配合间隙≤0.1mm,侧面错位量≤0.1mm,锉配完成。

(7) 交件待验。

5. 成绩评定

成绩评定如表11-8所示。

表 11-8　燕尾体锉配练习成绩评定表

序号	项目及技术要求		配分	评定方法	实测记录	得分
1		$20^{+0.05}_{0}$mm(2处)	4	符合要求得分		
2		(53.1 ± 0.05)mm	1	符合要求得分		
3		$45^{0}_{-0.06}$mm	2	符合要求得分		
4		$80^{0}_{-0.07}$mm	2	符合要求得分		
5		平面度 0.03mm(8处)	8	符合要求得分		
6	凸件	平行度 0.04mm(3处)	4	符合要求得分		
7		垂直度 0.04mm(10处)	5	符合要求得分		
8		对称度 0.10mm	6	符合要求得分		
9		倾斜度 0.04mm(2处)	10	符合要求得分		
10		表面粗糙度 $Ra\leq3.2\mu$m(8处)	4	符合要求得分		
11		清角(2处)	2	符合要求得分		
12		(21 ± 0.17)mm	2	符合要求得分		
13		$45^{0}_{-0.06}$mm	2	符合要求得分		
14		$80^{0}_{-0.07}$mm	2	符合要求得分		
15		平面度 0.03mm(8处)	8	符合要求得分		
16	凹件	平行度 0.04mm(2处)	4	符合要求得分		
17		垂直度 0.04mm(10处)	5	符合要求得分		
18		对称度 0.10mm	6	符合要求得分		
19		表面粗糙度 $Ra\leq3.2\mu$m(8处)	8	符合要求得分		
20		清角(2处)	2	符合要求得分		
21	配合	换向配合间隙≤0.1mm(2处)	8	符合要求得分		
22		大平面错位量≤0.1mm	3	符合要求得分		

续表

序号	项目及技术要求	配分	评定方法	实测记录	得分
23	工、量、辅具摆放合理	2	符合要求得分		
24	安全操作		违反一次扣 5 分		

备注：

姓名		工号		日期		教师		总分	

实训五　圆弧体锉配练习

1. 实训内容

本实训工件为圆弧体,其图样如图 11-5 所示,根据要求进行圆弧体锉配练习。

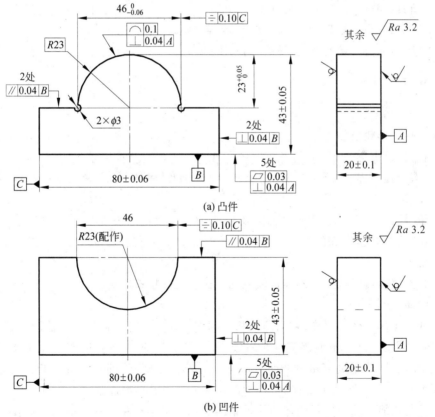

(a) 凸件

(b) 凹件

技术要求
1.以凸件为基准件、凹件为配作件;
2.换向配合间隙≤0.1mm;
3.侧面错位量≤0.1mm;
4.周面倒角C0.40;
5.试配时不允许敲击;
6.未注尺寸公差按GB/T 1804—m。

图 11-5　圆弧体锉配

2. 材料准备与学时要求

材料准备与学时要求如表 11-9 所示。

表 11-9　圆弧体锉配练习材料准备与学时要求

工件名称	材　料	毛坯尺寸	件　数	学　时
凸件	35 钢	82×45×20	1	30
凹件	35 钢	82×46×20	1	

3. 工、量、辅具准备

(1) 工具：14″粗齿平锉 1 把、12″中齿平锉 1 把、12″中齿半圆锉 1 把、10″细齿平锉 1 把、10″细齿半圆锉 1 把、8″双细齿平锉 1 把、8″双细齿半圆锉 1 把、整形锉 1 套、划针、样冲、小手锤、手用锯弓 1 把、$\phi3mm$ 钻头 1 支、$\phi6mm$ 钻头 1 支。

(2) 量具：钢直尺、游标卡尺、(0～25mm、25～50mm)外径千分尺、高度游标卡尺、直角尺、刀形样板平尺、塞尺、(R15～R25)半径样板。

(3) 辅具：毛刷、紫色水、红丹油、铜丝刷、粉笔。

4. 练习步骤

(1) 凸件加工。

① 凸件外形轮廓加工。

- 粗、精锉 B 基准面，达到平面度和与 A 基准面的垂直度要求。

- 粗、精锉 B 基准面的对面，达到尺寸、平面度、平行度及与 A 基准面的垂直度要求。

- 粗、精锉 C 基准面，达到平面度及与 A、B 基准面的垂直度要求。

- 粗、精锉 C 基准面的对面，达到尺寸、平面度、平行度及与 A、B 基准面的垂直度要求。

- 光整锉削，理顺锉纹，四面锉纹纵向并达到表面粗糙度要求。

- 四周面倒角 C0.40。

② 划线操作。根据图样，划出凸圆弧轮廓加工线；以 B 面的对面为辅助基准从上面下降 23mm，划出 R23mm 圆弧高度位置线；再以 C 面为基准、以宽度实际尺寸(80mm)的 1/2(对称中心线)为辅助基准划出 R23mm 圆弧圆心位置线；划出 $\phi3mm$ 工艺孔加工线；用划规划出 R23mm 圆弧加工线，检查无误在相关各面后打上冲眼。

③ 工艺孔加工。根据图样在凸体上钻出 $\phi3mm$ 工艺孔并用 $\phi6mm$ 钻头扩孔。

④ 凸件凸台加工。

- 按线锯除右侧一角多余部分，留 1mm 粗锉余量。

- 粗锉、半精锉右台肩面 1 和右垂直面 2，留 0.1mm 的精锉余量。

- 精锉右台肩面 1，用工艺尺寸 X_1($20_{-0.05}^{~~0}$ mm)间接控制凸圆弧高度尺寸

$23^{+0.05}_{0}$mm,注意控制右台肩面 1 与基准面 B 的平行度、与 A 基准面的垂直度以及自身的平面度,精锉右垂直面 2,用工艺尺寸 X_2($63^{0}_{-0.06}$mm)间接控制与 C 基准面的对称度要求,注意控制与 A 基准面的垂直度以及自身的平面度。

- 按线锯除左侧一角多余部分,留 1mm 粗锉余量。
- 粗锉、半精锉左台肩面 3 和左垂直面 4,留 0.1mm 的精锉余量。
- 精锉左台肩面 3,用工艺尺寸 X_3($20^{0}_{-0.05}$mm)间接控制凸圆弧高度尺寸 $23^{+0.05}_{0}$mm,注意控制左右肩面 3 与 B 基准面的平行度、与 A 基准面的垂直度以及自身的平面度;精锉左垂直面,注意控制凸圆弧宽度尺寸($46^{0}_{-0.06}$mm)、与 A 基准面的垂直度以及自身的平面度。

⑤ 凸件圆弧面加工。

- 锯除凸圆弧加工线外多余部分。
- 粗、精锉凸圆弧面,用半径样板检测线轮廓度、用直角尺检测垂直度,达到线轮廓度和与 A 基准面的垂直度要求。
- 凸圆弧面和台肩面倒角 $C0.4$。
- 全面检查并做必要的修整。
- 理顺锉纹,凸圆弧面及台肩面锉纹径向并达到表面粗糙度要求。

(2) 凹件加工。

① 凹件外形轮廓加工。

- 粗、精锉 B 基准面,达到高度尺寸 $45^{+0.2}_{0}$mm(为划线需要预留 1mm 高度余量)、平面度及与 A 基准面的垂直度要求。
- 粗、精锉 C 基准面,达到平面度及与 A、B 基准面的垂直度要求。
- 粗、精锉 C 基准面的对面,达到尺寸、平面度、平行度及与 A、B 基准面的垂直度要求。
- 光整锉削,理顺锉纹,四面锉纹纵向并达到表面粗糙度要求。
- 四周面倒角 $C0.40$。

② 划线操作。根据图样,划出凹圆弧轮廓加工线;以 B 面为基准上升 43mm,划出 $R23$mm 圆弧圆心的高度方向位置线;再以 C 面为基准,划出长度实际尺寸(80mm)的 1/2(对称中心线)作为 $R23$mm 圆弧圆心的长度方向位置线;用划规划出 $R23$mm 圆弧加工线,检查无误后在相关各面后打上冲眼。

③ 锉削 B 基准面的对面,达到尺寸(43mm±0.05mm)、平面度、平行度和与 A、B 基准面的垂直度要求,倒角 $C0.4$。

④ 除去凹圆弧加工线外多余部分,可先钻出工艺排孔,再采用手锯将多余部分交叉锯掉,至少留 1mm 的粗锉余量。

⑤ 粗锉、半精锉凹圆弧面,注意控制与 A 基准面的垂直度要求,倒角 $C0.4$,留 0.1mm 的锉配余量。

(3) 锉配加工。

① 同向锉配。凸件与凹件进行同向锉配。试配前,可以在凹圆弧面上涂抹显示剂,这样试配时的接触痕迹就很清晰,便于确定修锉部位。

② 换向锉配。锉配过程中,凸件与凹件要进行换向锉配,即将凸件径向旋转 180°进行换向试配、修锉。

③ 当凸件全部配入凹件,且换向配合间隙≤0.1mm,侧面错位量≤0.1mm,锉配完成。

(4) 交件待验。

5. 成绩评定

成绩评定如表 11-10 所示。

表 11-10　圆弧体锉配练习成绩评定表

序号	项目及技术要求		配分	评定方法	实测记录	得分
1	凸件	$23^{+0.05}_{0}$mm(2 处)	4	符合要求得分		
2		$46^{0}_{-0.06}$mm	2	符合要求得分		
3		(43±0.05)mm	2	符合要求得分		
4		(80±0.06)mm	2	符合要求得分		
5		平面度 0.03mm(5 处)	5	符合要求得分		
6		平行度 0.04mm(2 处)	4	符合要求得分		
7		垂直度 0.04mm(6 处)	12	符合要求得分		
8		对称度 0.10mm	6	符合要求得分		
9		线轮廓度 0.10mm	10	符合要求得分		
10		表面粗糙度 Ra≤3.2μm(6 处)	3	符合要求得分		
11		清角(2 处)	2	符合要求得分		
12	凹件	(43±0.05)mm	2	符合要求得分		
13		(80±0.06)mm	2	符合要求得分		
14		平面度 0.03mm(5 处)	5	符合要求得分		
15		平行度 0.04mm(2 处)	4	符合要求得分		
16		垂直度 0.04mm(6 处)	12	符合要求得分		
17		对称度 0.10mm	6	符合要求得分		
18		表面粗糙度 Ra≤3.2μm(6 处)	3	符合要求得分		
19	配合	换向配合间隙≤0.1mm(2 处)	8	符合要求得分		
20		大平面错位量≤0.1mm	4	符合要求得分		
21	工、量、辅具摆放合理		2	符合要求得分		
22	安全操作			违反一次扣 5 分		

备注:

姓名		工号		日期		教师		总分	

实训六　键形体锉配练习

1. 实训内容

本实训工件为键形体，其图样如图 11-6 所示，根据要求进行键形体锉配练习。

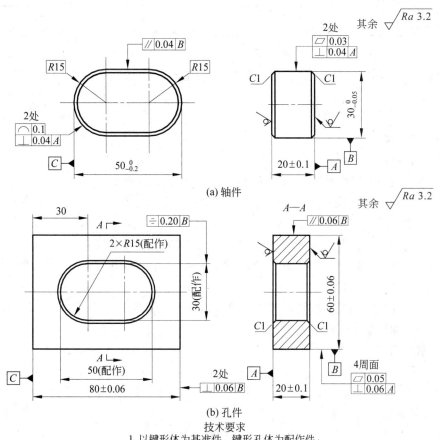

(a) 轴件

(b) 孔件

技术要求
1. 以键形体为基准件、键形孔体为配作件；
2. 换向配合间隙≤0.1mm；
3. 键形孔体周面倒角C0.40；
4. 试配时不允许敲击；
5. 未注尺寸公差按GB/T 1804—m。

图 11-6　键形体锉配

2. 材料准备与学时要求

材料准备与学时要求如表 11-11 所示。

3. 工、量、辅具准备

(1) 工具：14″粗齿平锉 1 把、12″中齿平锉 1 把、12″中齿圆锉 1 把、10″细齿平锉 1 把、10″细齿半圆锉 1 把、8″双细齿平锉 1 把、8″双细齿半圆锉 1 把、整形锉 1 套、划针、样冲、小手锤、手用锯弓1把。

表 11-11　键形体锉配练习材料准备与学时要求

工件名称	材　　料	毛坯尺寸	件　　数	学　　时
轴件	35 钢	52×32×20	1	24
孔件	35 钢	82×62×20	1	

（2）量具：钢直尺、游标卡尺、（25～50mm）外径千分尺、高度游标卡尺、直角尺、刀形样板平尺、塞尺、（R15～R25）半径样板。

（3）辅具：毛刷、紫色水、红丹油、铜丝刷、粉笔。

4．练习步骤

（1）轴件加工。

① 轴件外形轮廓加工。

- 粗、精锉 B 基准面，达到平面度和与 A 基准面的垂直度要求。
- 粗、精锉 B 基准面的对面，达到尺寸、平面度、平行度和与 A 基准面的垂直度要求。
- 粗、精锉 C 基准面，达到平面度和与 A、B 基准面的垂直度要求。
- 粗、精锉 C 基准面的对面，达到尺寸、平面度、平行度和与 A、B 基准面的垂直度要求。
- 光整锉削，理顺锉纹，四面锉纹纵向并达到表面粗糙度要求。
- 四周面倒角 C0.40。

② 划线操作。

根据图样和实际尺寸，以 B 面为基准划出高度尺寸（30mm）的对称中心线；以 C 面为基准划出两处 R15 长度位置尺寸线（15mm、35mm）；用划规划出 R15 圆弧加工线，检查无误后在相关各面后打上冲眼。

③ 粗锉、半精锉两圆弧面，留 0.1mm 的精锉余量。

④ 精锉两圆弧面，用半径样板检测线轮廓度、用直角尺检测垂直度，达到线轮廓度和与 A 基准面的垂直度要求。

⑤ 倒角 C1。

⑥ 全面检查并做必要的修整。

⑦ 理顺锉纹，凸圆弧面锉纹径向并达到表面粗糙度要求。

（2）孔件加工。

① 孔件外形轮廓加工。

- 粗、精锉 B 基准面，达到平面度和与 A 基准面的垂直度要求。
- 粗、精锉 B 基准面的对面，达到尺寸、平面度、平行度和与 A 基准面的垂直度要求。
- 粗、精锉 C 基准面，达到平面度和与 A、B 基准面的垂直度要求。

- 粗、精锉 C 基准面的对面,达到尺寸、平面度、平行度和与 A、B 基准面的垂直度要求。

- 光整锉削,理顺锉纹,四面锉纹纵向并达到表面粗糙度要求。

- 四周面倒角 $C0.40$。

② 划线操作。

根据图样和实际尺寸,以 B 面为基准划出高度尺寸(60mm)的对称中心线;以 C 面为基准划出两处 $R15$ 长度位置尺寸线(30mm、50mm);用划规划出 $R15$ 圆弧加工线,检查无误后在相关各面后打上冲眼。

③ 工艺孔加工。在孔件上钻出两个 $\phi16 \sim 18$mm 工艺孔,同时在凹体上钻出若干 $\phi5 \sim 6$mm 工艺排孔。

④ 除去凹槽多余部分。

⑤ 粗锉两圆弧面和平面,留 0.5mm 的精锉余量。

⑥ 半精锉两圆弧面和平面,注意控制与 A 基准面的垂直度要求,留 0.1mm 的锉配余量。

⑦ 孔口倒角 $C1$。

(3) 锉配加工。

① 同向锉配。轴件与孔件进行同向锉配。试配前,可以在孔内各面涂抹显示剂,这样试配时的接触痕迹就很清晰,便于确定修锉部位。当轴件全部配入孔件,且配合间隙 $\leqslant 0.1$mm,同向锉配完成。

② 换向锉配。当同向锉配完成后,轴件与孔件要进行换向锉配,即将轴件径向旋转 $180°$进行换向试配。换向锉配时,一般只需作微量修锉即可。当轴件全部配入孔件,且换向配合间隙 $\leqslant 0.1$mm,换向锉配完成。

5.成绩评定

成绩评定如表 11-12 所示。

表 11-12　键形体锉配练习成绩评定表

序号	项目及技术要求		配分	评 定 方 法	实测记录	得分
1	凸件	$30-_{0.05}^{0}$mm	5	符合要求得分		
2		$50-_{0.2}^{0}$mm	2	符合要求得分		
3		平面度 0.03mm(2 处)	6	符合要求得分		
4		平行度 0.04mm	3	符合要求得分		
5		垂直度 0.04mm(4 处)	12	符合要求得分		
6		线轮廓度 0.10mm(2 处)	20	符合要求得分		
7		表面粗糙度 $Ra \leqslant 3.2\mu$m(4 处)	4	符合要求得分		

续表

序号		项目及技术要求	配分	评定方法	实测记录	得分
8		(80±0.06)mm	3	符合要求得分		
9		(60±0.06)mm	3	符合要求得分		
10		平面度 0.05mm(4 处)	8	符合要求得分		
11	孔件	平行度 0.06mm	2	符合要求得分		
12		垂直度 0.06mm(4 处)	8	符合要求得分		
13		对称度 0.20mm	6	符合要求得分		
14		表面粗糙度 $Ra \leqslant 3.2\mu m$(8 处)	8	符合要求得分		
15	配合	换向配合间隙≤0.1mm(2 处)	8	符合要求得分		
16		工、量、辅具摆放合理	2	符合要求得分		
17	安全操作			违反一次扣 5 分		

备注：

姓名		工号		日期		教师		总分	

实训七　燕尾圆弧体锉配练习

1. 实训内容

本实训工件为燕尾圆弧体，其图样如图 11-7 所示，根据要求进行燕尾圆弧体锉配练习。

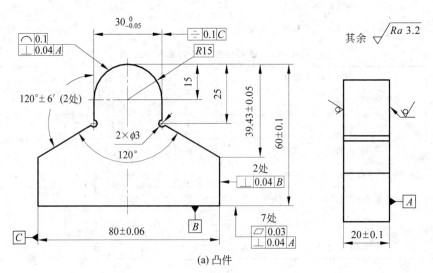

(a) 凸件

图 11-7　燕尾圆弧体锉配

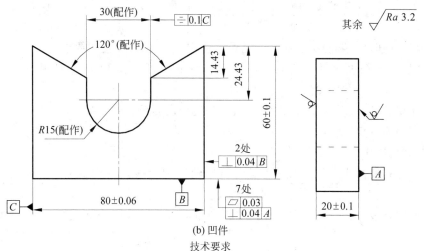

(b) 凹件

技术要求

1. 以凸件为基准件、凹件为配作件；
2. 换向配合间隙≤0.1mm；
3. 大平面错位量≤0.1mm；
4. 周面倒角C0.40；
5. 试配时不允许敲击；
6. 未注尺寸公差按GB/T 1804—m。

图 11-7（续）

2. 材料准备与学时要求

材料准备与学时要求如表11-13所示。

表 11-13　燕尾圆弧体锉配练习材料准备与学时要求

工件名称	材　　料	毛坯尺寸	件　　数	学　　时
凸件	35 钢	82×62×20	1	36
凹件	35 钢	82×62×20	1	

3. 工、量、辅具准备

（1）工具：14″粗齿平锉1把、14″粗齿圆锉1把、12″中齿平锉1把、12″中齿圆锉1把、10″细齿平锉1把、10″细齿半圆锉1把、8″双细齿平锉1把、8″双细齿半圆锉1把、整形锉1套、划针、样冲、小手锤、手用锯弓1把、ϕ3mm 钻头1支、ϕ6mm 钻头1支。

（2）量具：钢直尺、游标卡尺、25～50mm 外径千分尺、高度游标卡尺、直角尺、刀形样板平尺、塞尺、R15～R25mm 半径样板、60°角度样板（自制）。

（3）辅具：毛刷、紫色水、红丹油、铜丝刷、粉笔。

4. 练习步骤

（1）凸件、凹件外形轮廓加工。

① 粗、精锉 B 基准面，达到平面度及与 A 基准面的垂直度要求。

② 粗、精锉 B 基准面的对面，达到尺寸、平面度、平行度及与 A 基准面的垂直度要求。

③ 粗、精锉 C 基准面，达到平面度及与 A、B 基准面的垂直度要求。

④ 粗、精锉 C 基准面的对面，达到尺寸、平面度、平行度和与 A、B 基准面的垂直度要求。

⑤ 光整锉削，理顺锉纹，四面锉纹纵向并达到表面粗糙度要求。

⑥ 四周面倒角 $C0.40$。

（2）划线操作。

① 凸件划线操作。根据图样，划出凸件轮廓加工线，检查无误后在相关各面打上冲眼。

② 凹件划线操作。根据图样，划出凹件轮廓加工线，检查无误后在相关各面打上冲眼。

（3）工艺孔加工。

根据图样在凸件上钻出 $\phi3mm$ 工艺孔并用 $\phi6mm$ 钻头扩孔，在凹件上钻出工艺排孔。

（4）凸件加工。

① 按线锯除右侧一角多余部分，留 $1mm$ 粗锉余量。

② 粗锉右垂直面 1 和右台肩面 2，留 $0.5mm$ 的半精锉余量。

③ 半精锉、精锉右垂直面 1，用工艺尺寸 $X_1(55_{-0.05}^{0}mm)$ 间接控制与 C 基准面的对称度要求，注意控制右垂直面 1 与 A 基准面的垂直度以及自身的平面度。

④ 按线锯除左侧一角多余部分，留 $1mm$ 粗锉余量。

⑤ 粗锉左垂直面 3 和左台肩面 4，留 $0.5mm$ 的半精锉余量。

⑥ 半精锉、精锉左垂直面 3，达到尺寸 $(30_{-0.05}^{0}mm)$ 要求及间接控制与 C 基准面的对称度要求，注意控制左垂直面 3 与 A 基准面的垂直度以及自身的平面度。

⑦ 精锉左台肩角度面 4 和台肩角度面 5，达到角度公差要求、平面度及与 A 基准面的垂直度要求。

⑧ 粗、精锉 $R15mm$ 凸圆弧面，达到线轮廓度要求及与 A 基准面的垂直度要求。

⑨ 光整锉削，理顺锉纹，锉纹纵向并达到表面粗糙度要求。

⑩ 1～5 面倒角 $C0.40$。

（5）凹件加工。

① 锯除凹槽内多余部分，留 $1mm$ 粗锉余量。

② 根据凸件尺寸，粗锉、半精锉内圆弧面 1、左垂直面 2 和右垂直面 3，留 $0.1mm$ 的锉配余量，通过工艺尺寸 $X_1(25_{+0.05}^{+0.1})$ 和 $X_2(25_{+0.05}^{+0.1})$ 来控制尺寸 $30mm$ 的对称度要求。

③ 粗锉、半精锉左台肩面 5 和右台肩面 6，留 $0.1mm$ 的锉配余量。

④ 光整锉削，理顺锉纹，锉纹纵向并达到表面粗糙度要求。

⑤ 1～5 面倒角 $C0.40$。

（6）锉配加工。

① 同向锉配。凸件与凹件进行同向锉配。试配前，可以在孔内各面涂抹显示剂，这样试配时的接触痕迹就很清晰，便于确定修锉部位。

② 换向锉配。将凸件径向旋转 180°进行换向试配、修锉。

③ 当凸件全部配入凹件，且换向配合间隙≤0.1mm、侧面错位量≤0.1mm，锉配完成。

（7）交件待验。

5. 成绩评定

成绩评定如表 11-14 所示。

表 11-14　燕尾圆弧体锉配练习成绩评定表

序号	项目及技术要求		配分	评 定 方 法	实测记录	得分
1	凸件	$30_{-0.05}^{0}$ mm	3	符合要求得分		
2		(80±0.06)mm	1	符合要求得分		
3		(60±0.1)mm	1	符合要求得分		
4		120°±6′(2 处)	16	符合要求得分		
5		平面度 0.03mm(7 处)	7	符合要求得分		
6		对称度 0.10mm	5	符合要求得分		
7		垂直度 0.04mm(8 处)	8	符合要求得分		
8		线轮廓度 0.10mm	8	符合要求得分		
9		表面粗糙度 Ra≤3.2μm(8 处)	4	符合要求得分		
10	凹件	(80±0.06)mm	1	符合要求得分		
11		(60±0.1)mm	1	符合要求得分		
12		平面度 0.05mm(7 处)	7	符合要求得分		
13		垂直度 0.06mm(8 处)	8	符合要求得分		
14		对称度 0.10mm	5	符合要求得分		
15		表面粗糙度 Ra≤3.2μm(8 处)	4	符合要求得分		
16	配合	换向配合间隙≤0.1mm(2 处)	16	符合要求得分		
17		大平面错位量≤0.1mm	3	符合要求得分		
18	工、量、辅具摆放合理		2	符合要求得分		
19	安全操作			违反一次扣 5 分		

备注：

姓名		工号		日期		教师		总分	

量具制作技术

实训一　宽座直角尺制作练习

1.实训内容

本实训工件为宽座直角尺,其图样如图 12-1 所示,根据要求进行宽座直角尺制作练习。

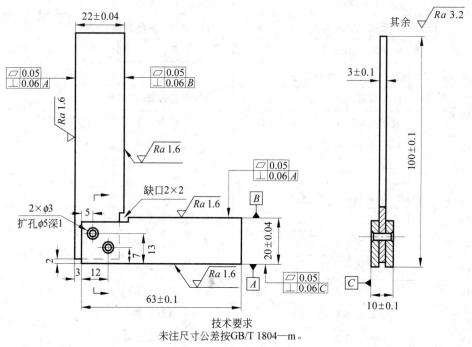

技术要求

未注尺寸公差按GB/T 1804—m。

图 12-1　宽座直角尺制作

2.材料准备与学时要求

材料准备与学时要求如表 12-1 所示。

3.工、量、辅具准备

(1) 工具:14″粗齿平锉 1 把、12″中齿平锉 1 把、10″细齿平锉 1 把、8″双细齿平锉 1 把、整形锉1套、划针、样冲、小手锤、手用锯弓 1 把、φ3 钻头 1 支、φ5 钻头 1 支。

表 12-1　宽座直角尺制作练习材料准备与学时要求

工件名称	材　料	毛坯尺寸	件　数	学　时
宽座直角尺	45 钢	尺苗 100×24×4	1	36
		尺座 65×12×22	1	

（2）量具：钢直尺、游标卡尺、0～25mm 外径千分尺、高度游标卡尺、直角尺、刀形样板平尺、塞尺。

（3）辅具：毛刷、紫色水、铜丝刷、粉笔、砂布。

4. 练习步骤

（1）根据图样检查工件坯料（锻件）尺寸和加工余量。

（2）粗、精锉尺座达到要求。

（3）粗、半精锉尺苗接近要求（留 0.1～0.2mm 的精锉余量）。

（4）按图划出尺座铆钉孔加工线。

（5）尺座与尺苗进行配钻铆钉孔后扩孔至要求。

（6）埋头铆钉铆接操作，并锉平铆钉露出部分。

（7）以尺座为基准，精锉尺苗外直角面达到形位公差要求。

（8）以尺座为基准，精锉尺苗内直角面达到形位公差要求。

（9）全面光整加工，达到表面粗糙度要求。

（10）交件待验。

5. 成绩评定

成绩评定如表 12-2 所示。

表 12-2　宽座直角尺制作练习成绩评定表

序号	项目及技术要求		配分	评 定 方 法	实测记录	得分
1	尺座	(20±0.04)mm	5	符合要求得分		
2		(60±0.10)mm、(10±0.10)mm	4	符合要求得分		
3		平面度 0.05mm（2 处）	10	符合要求得分		
4		平行度 0.06mm	5	符合要求得分		
5	尺苗	(22±0.04)mm	5	符合要求得分		
6		(3±0.10)mm	2	符合要求得分		
7		(98±0.5)mm	2	符合要求得分		
8		平面度 0.05mm（2 处）	10	符合要求得分		
9	垂直度 0.06mm（2 处）		30	符合要求得分		
10	表面粗糙度 $Ra \leqslant 1.6\mu m$（4 处）		12	符合要求得分		

续表

序号	项目及技术要求	配分	评定方法	实测记录	得分
11	表面粗糙度 $Ra \leqslant 3.2 \mu m$（4处）	8	符合要求得分		
12	铆接平整（2处）	5	符合要求得分		
13	工、量、辅具摆放合理	2	符合要求得分		
14	安全操作		违反一次扣5分		

备注：

姓名		工号		日期		教师		总分	

实训二 刀口直角尺制作练习

1. 实训内容

本实训工件为刀口直角尺，其图样如图 12-2 所示，根据要求进行刀口直角尺制作练习。

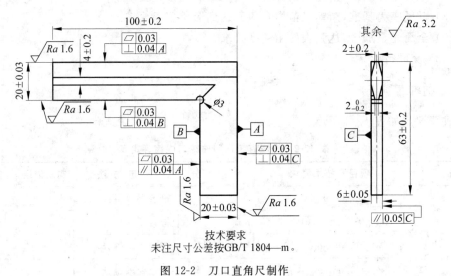

技术要求
未注尺寸公差按GB/T 1804—m。

图 12-2 刀口直角尺制作

2. 材料准备与学时要求

材料准备与学时要求如表 12-3 所示。

表 12-3 刀口直角尺制作练习材料准备与学时要求

工件名称	材 料	毛坯尺寸	件 数	学 时
刀口直角尺	45 钢	$105 \times 65 \times 8$	1	24

3．工、量、辅具准备

(1) 工具：14″粗齿平锉 1 把、12″中齿平锉 1 把、10″细齿平锉 1 把、8″双细齿平锉 1 把、整形锉 1 套、划针、样冲、小手锤、手用锯弓 1 把、$\phi 3mm$ 钻头 1 支、$\phi 6mm$ 钻头 1 支。

(2) 量具：钢直尺、游标卡尺、0～25mm 外径千分尺、高度游标卡尺、直角尺、刀形样板平尺、塞尺。

(3) 辅具：毛刷、紫色水、铜丝刷、粉笔、砂布。

4．练习步骤

(1) 根据图样检查工件坯料尺寸。

(2) 粗、精锉尺身 C 面及对面至厚度尺寸。

(3) 粗、半精锉外直角面接近要求。

(4) 根据图样划出尺座、尺苗和工艺孔加工线。

(5) 钻出 $\phi 3$ 工艺孔并用 $\phi 6mm$ 钻头扩孔。

(6) 锯去多余部分。

(7) 粗、半精锉内直角面接近要求（留 0.1～0.2mm 的精锉余量）。

(8) 粗、精锉尺苗刀口斜面达到要求。

(9) 精锉尺座测量面达到要求。

(10) 以尺座 A 面为基准，精锉尺苗外直角面达到形位公差要求。

(11) 以尺座 B 面为基准，精锉尺苗内直角面达到形位公差要求。

(12) 全面光整加工，达到表面粗糙度要求。

(13) 交件待验。

5．成绩评定

成绩评定如表 12-4 所示。

表 12-4 刀口直角尺制作练习成绩评定表

序号	项目及技术要求	配分	评定方法	实测记录	得分
1	(20±0.03)mm(2 处)	8	符合要求得分		
2	(6±0.05)mm	3	符合要求得分		
3	(63±0.20)mm、(100±0.20)mm	4	符合要求得分		
4	平面度 0.03mm(4 处)	16	符合要求得分		
5	平行度 0.04mm	5	符合要求得分		
6	平行度 0.05mm	2	符合要求得分		
7	(22±0.04)mm	5	符合要求得分		
8	(3±0.10)mm	2	符合要求得分		

续表

序号	项目及技术要求	配分	评定方法	实测记录	得分
9	(98±0.5)mm	2	符合要求得分		
10	垂直度 0.04mm(2 处)	26	符合要求得分		
11	表面粗糙度 $Ra \leqslant 1.6\mu m$(4 处)	12	符合要求得分		
12	表面粗糙度 $Ra \leqslant 3.2\mu m$(4 处)	8	符合要求得分		
13	铆接平整(2 处)	5	符合要求得分		
14	工、量、辅具摆放合理	2	符合要求得分		
15	安全操作		违反一次扣 5 分		

备注：

姓名		工号		日期		教师		总分	

实训三　角度样板制作练习

1. 实训内容

本实训工件为角度样板，其图样如图 12-3 所示，根据要求进行角度样板制作练习。

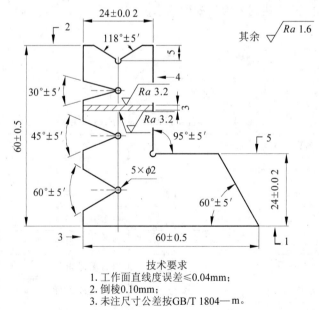

技术要求
1. 工作面直线度误差≤0.04mm；
2. 倒棱0.10mm；
3. 未注尺寸公差按GB/T 1804—m。

图 12-3　角度样板制作

2．材料准备与学时要求

材料准备与学时要求如表 12-5 所示。

表 12-5 角度样板制作练习材料准备与学时要求

工件名称	材　　料	毛坯尺寸	件　　数	学　　时
角度样板	45 钢	63×63×3	1	18

3．工、量、辅具准备

（1）工具：12″中齿平锉 1 把、10″细齿平锉 1 把、8″双细齿平锉 1 把、整形锉 1 套、划针、样冲、小手锤、手用锯弓 1 把、φ3mm 钻头 1 支、φ6mm 钻头 1 支。

（2）量具：钢直尺、游标卡尺、0～25mm 外径千分尺、高度游标卡尺、直角尺、刀形样板平尺、万能角度尺、塞尺。

（3）辅具：毛刷、紫色水、铜丝刷、粉笔、砂布。

4．练习步骤

（1）根据图样检查工件坯料尺寸。

（2）粗、精锉工件外形尺寸至要求。

（3）根据图样划出各加工线。

（4）钻出 φ3mm 工艺孔并用 φ6mm 钻头扩孔。

（5）锯去多余部分。

（6）粗、精锉 1～5 面。

（7）粗、半精锉各角度面接近要求（留 0.1～0.2mm 的精锉余量）。

（8）倒棱 0.10mm。

（9）精修各角度面达到公差要求。

（10）全面光整加工，达到表面粗糙度要求。

（11）交件待验。

5．成绩评定

成绩评定如表 12-6 所示。

表 12-6 角度样板制作练习成绩评定表

序号	项目及技术要求	配分	评定方法	实测记录	得分
1	(24±0.02)mm(2 处)	8	符合要求得分		
2	(60±0.5)mm(2 处)	4	符合要求得分		
3	60°±5′(2 处)	16	符合要求得分		
4	45°±5′	8	符合要求得分		

续表

序号	项目及技术要求	配分	评定方法	实测记录	得分
5	30°±5′	8	符合要求得分		
6	118°±5′	8	符合要求得分		
7	90°±5′	8	符合要求得分		
8	直线度≤0.04mm(12处)	24	符合要求得分		
9	表面粗糙度 Ra≤1.6μm(12处)	12	符合要求得分		
10	表面粗糙度 Ra≤3.2μm(2处)	2	符合要求得分		
11	工、量、辅具摆放合理	2	符合要求得分		
12	安全操作		违反一次扣5分		

备注:

姓名		工号		日期		教师		总分	

工具制作技术

实训一　鸭嘴锤制作练习

1.实训内容

本实训工件为鸭嘴锤,其图样如图 13-1 所示,根据要求进行鸭嘴锤制作练习。

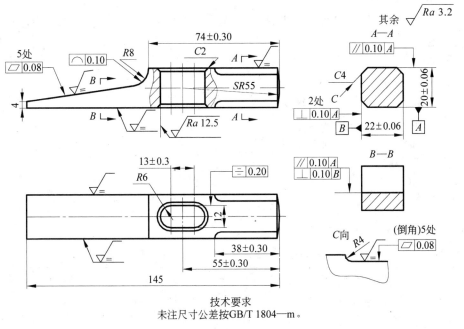

技术要求

未注尺寸公差按GB/T 1804—m。

图 13-1　鸭嘴锤制作

2.材料准备与学时要求

材料准备与学时要求如表 13-1 所示。

表 13-1　鸭嘴锤制作练习材料准备与学时要求

工件名称	材　　料	毛坯尺寸	件　　数	学　　时
鸭嘴锤	45 钢	24×24×150	1	30

3．工、量、辅具准备

（1）工具：14″粗齿平锉 1 把、12″中齿平锉 1 把、10″细齿平锉 1 把、8″双细齿平锉 1 把、12″中齿圆锉 1 把、12″细齿半圆锉 1 把、8″粗齿半圆锉 1 把、8″细齿半圆锉 1 把、整形锉 1 套、划针、样冲、小手锤、手用锯弓 1 把。

（2）量具：钢直尺、游标卡尺、高度游标划线尺、直角尺、刀形样板平尺、塞尺、$R1\sim R6.5$mm 半径样板、$R7\sim R14.5$mm 半径样板、$R55$mm 半径样板（自制）。

（3）辅具：毛刷、紫色水、铜丝刷、粉笔、砂布。

4．练习步骤

（1）根据图样检查工件坯料。

（2）钻出两个 $\phi12$mm 通孔，锉出腰圆锤孔并达到尺寸和形位要求。

（3）锯去鸭嘴多余部分。

（4）粗、半精锉 $R8$mm 内圆弧面及相切鸭嘴斜面接近尺寸（留 $0.1\sim0.2$mm 的精锉余量）。

（5）粗、半精锉 4 个 $R4$mm 内圆弧面及相切倒角面接近尺寸（留 $0.1\sim0.2$mm 的精锉余量）。

（6）锉出锤头 $SR55$mm 球面，达到尺寸要求。

（7）全面精锉加工，达到尺寸和形位公差要求。

（8）全面光整加工，达到表面粗糙度要求。

（9）交件待验。

5．成绩评定

成绩评定如表 13-2 所示。

表 13-2　鸭嘴锤制作练习成绩评定表

序号	项目及技术要求		配分	评定方法	实测记录	得分
1	尺寸	(20 ± 0.06)mm	6	符合要求得分		
2		(22 ± 0.06)mm	6	符合要求得分		
3		(74 ± 0.30)mm	3	符合要求得分		
4		(55 ± 0.30)mm	3	符合要求得分		
5		(38 ± 0.30)mm（4 处）	12	符合要求得分		
6	平面度 0.08mm（9 处）		27	符合要求得分		
7	对称度 0.20mm		8	符合要求得分		
8	垂直度 0.08mm（3 处）		12	符合要求得分		
9	线轮廓度 0.10mm		12	符合要求得分		

续表

序号	项目及技术要求	配分	评定方法	实测记录	得分
10	表面粗糙度 $Ra \leqslant 3.2 \mu m$（9 处）	9	符合要求得分		
11	工、量、辅具摆放合理	2	符合要求得分		
12	安全操作		违反一次扣 5 分		

备注：

姓名		工　号		日　期		教　师		总　分	

实训二　点检锤制作练习

1. 实训内容

本实训工件为点检锤，其图样如图 13-2 所示，根据要求进行点检锤制作练习。

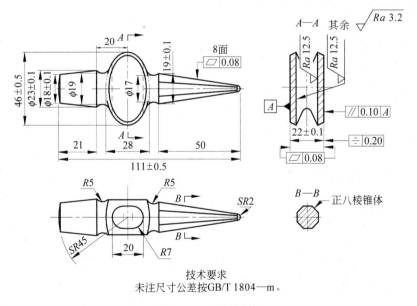

技术要求
未注尺寸公差按GB/T 1804—m。

图 13-2　点检锤制作

2. 材料准备与学时要求

材料准备与学时要求如表 13-3 所示。

表 13-3　点检锤制作练习材料准备与学时要求

工件名称	材　料	毛坯尺寸	件　　数	学　　时
点检锤	45 钢	根据图样尺寸备料（锻造毛坯）	1	36

3. 工、量、辅具准备

(1) 工具:14″粗齿平锉 1 把、12″中齿平锉 1 把、10″细齿平锉 1 把、8″双细齿平锉 1 把、8″中齿圆锉 1 把、8″细齿圆锉 1 把、整形锉 1 套、划针、样冲、小手锤。

(2) 量具:钢直尺、游标卡尺、高度游标卡尺、划针盘、划规、刀形样板平尺、塞尺、$R1 \sim R6.5$mm 半径样板、$R45$mm 半径样板(自制)。

(3) 辅具:毛刷、紫色水、铜丝刷、粉笔、砂布。

4. 练习步骤

(1) 根据图样检查工件毛坯尺寸。

(2) 稍锉平两端面,分别找出圆心,以确定工件纵向轴线。

(3) 粗、精锉椭圆体平行平面,达到尺寸和形位公差要求。

(4) 粗、精锉正八棱锥体各面,达到尺寸和形位公差要求。

(5) 粗、精锉圆台体表面,达到尺寸公差要求。

(6) 锉出锤头 $SR45$mm 球面和锤尖 $SR2$mm 球头,达到尺寸要求。

(7) 锉出 $R5$mm 工艺槽,达到尺寸要求。

(8) 全面精修加工,保证尺寸和形位公差要求。

(9) 全面光整加工,达到表面粗糙度要求。

(10) 交件待验。

5. 成绩评定

成绩评定如表 13-4 所示。

表 13-4　点检锤制作练习成绩评定表

序号	项目及技术要求		配分	评定方法	实测记录	得分
1	尺寸	(111 ± 0.50) mm、(46 ± 0.50)mm	4	符合要求得分		
2		(22 ± 0.10) mm、(19 ± 0.10)mm、($\phi23 \pm 0.10$)mm、($\phi18 \pm 0.10$)mm	12	符合要求得分		
3		($\phi19 \pm 0.3$) mm、($\phi17 \pm 0.3$)mm	4	符合要求得分		
4	$R5$mm 圆弧清晰(2 处)		8	符合要求得分		
5	平面度 0.08mm(10 处)		30	符合要求得分		
6	对称度 0.20mm		5	符合要求得分		
7	平行度 0.10mm		10	符合要求得分		
8	锤孔符合要求		8	符合要求得分		

续表

序号	项目及技术要求	配分	评定方法	实测记录	得分
9	锤头球面（SR45mm）符合要求	8	符合要求得分		
10	表面粗糙度 $Ra \leqslant 3.2\mu m$（9处）	9	符合要求得分		
11	工、量、辅具摆放合理	2	符合要求得分		
12	安全操作		违反一次扣5分		

备注：

姓名		工　号		日　期		教　师		总　分	

实训三　32mm 台虎钳制作练习

1. 实训内容

本实训工件为 32mm 台虎钳，其图样如图 13-3 所示，根据要求进行 32mm 台虎钳制作练习。

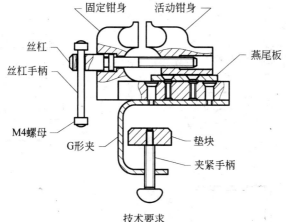

技术要求
1. 钳口配合间隙 ≤0.20mm；
2. 丝杠螺旋副转动灵活。

(a) 装配图

图 13-3　32mm 台虎钳制作

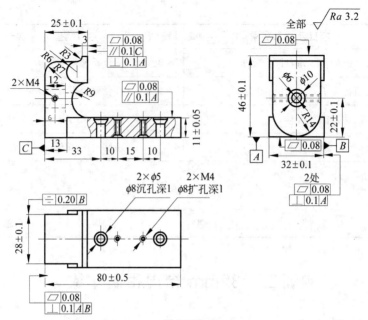

技术要求
1. R3、R6、R7、R14内外圆弧面线轮廓度≤10mm；
2. R6圆弧凸台和R14圆弧面做清根处理；
3. 未注尺寸公差按GB/T 1804—m。

(b) 固定钳身

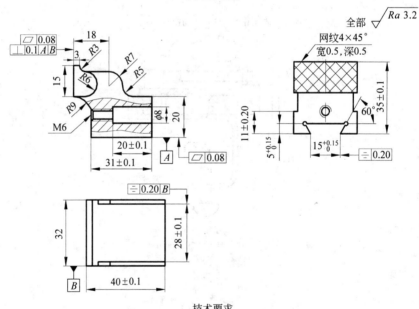

技术要求
1. M6螺纹底孔与固定钳身配钻；
2. 燕尾槽清角1mm×1mm；
3. R3、R5、R6、R7内外圆弧面线轮廓度≤0.10mm；
4. R6圆弧凸台做清根处理；
5. 未注尺寸公差按GB/T 1804—m。

(c) 活动钳身

图　13-3(续)

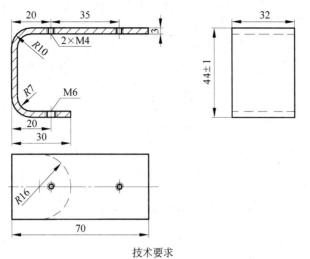

技术要求
1. 2×M4螺纹底孔与固定钳身配钻；
2. 未注尺寸公差按GB/T 1804—m。

(d) G形夹

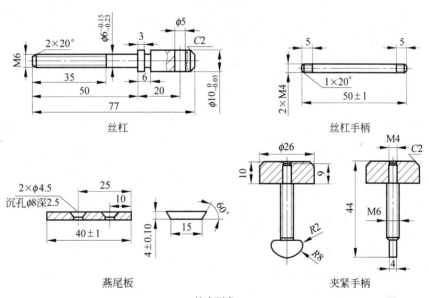

技术要求
未注尺寸公差按GB/T 1804—m。

(e) 配件

图 13-3(续)

2. 材料准备与学时要求

材料准备与学时要求如表 13-5 所示。

表 13-5　32mm 台虎钳制作练习材料准备与学时要求

工件名称	材　料	毛坯尺寸	件　数	学　时
固定钳身	HT200	85×38×52	1	
活动钳身			1	
G 形夹	Q235 钢	160×40×3	1	
丝杠	45 圆	车制毛坯 $\phi10\times80$	1	78
燕尾板	Q235 钢	40×20×5	1	
夹紧手柄	Q235 钢	用 M6×40 螺栓改制	1	
丝杠手柄	Q235 钢	$\phi4\times50$	1	

3. 工、量、辅具准备

(1) 工具：14″粗齿平锉 1 把、12″中齿平锉 1 把、10″中齿圆锉 1 把、10″细齿平锉 1 把、8″双细齿平锉 1 把、8″粗齿圆锉 1 把、8″细齿圆锉 1 把、6″粗齿圆锉 1 把、6″细齿圆锉 1 把、整形锉 1 套、划针、划规、样冲、小手锤、手用锯弓 1 把、扁錾 1 把、(2b)手锤 1 把。

(2) 量具：钢直尺、游标卡尺、高度游标卡尺、刀形样板平尺、塞尺、$R1\sim R6.5$mm 半径样板、$R7\sim R14.5$mm 半径样板。

(3) 辅具：毛刷、紫色水、红丹油、铜丝刷、粉笔、砂布。

4. 练习步骤

(1) 根据图样检查工件坯料尺寸。

(2) 将钳身毛坯经錾削、锉削加工至 85mm×38mm×52mm。

(3) 按图样划出固定钳身、活动钳身分离加工线。

(4) 钻 $\phi18$mm 孔后锯削分离钳身。

(5) 固定钳身型面加工。

(6) 活动钳身型面加工。

(7) 燕尾板加工。

(8) 燕尾槽锉配加工。

(9) G 形夹弯形加工。

(10) 固定钳身钻孔加工。

(11) 活动钳身钻孔加工。

(12) 活动钳身与 G 形夹配钻孔加工。

(13) 固定钳身、活动钳身、G 形夹、垫块内螺纹加工。

(14) 丝杠、丝杠手柄、G 形夹手柄外螺纹加工。

(15) 丝杠手柄铆接加工。

（16）两钳口面网纹加工。

（17）装配并做适当修整加工。

（18）对固、活钳身形面和其他零件做光整加工。

（19）交件待验。

5. 成绩评定

成绩评定如表 13-6 所示。

表 13-6　32mm 台虎钳制作练习成绩评定表

序号	项目及技术要求		配分	评定方法	实测记录	得分
1	固定钳身	(46±0.1)mm、(32±0.1)mm、(28±0.1)mm、(25±0.1)mm、(22±0.1)mm	5	符合要求得分		
2		(11±0.05)mm	3	符合要求得分		
3		(80±0.5)mm	1	符合要求得分		
4		(R3、R6、R7)线轮廓度≤0.1mm	9	符合要求得分		
5		R14 线轮廓度≤0.1mm	6	符合要求得分		
6		平面度 0.08mm(7 处)	7	符合要求得分		
7		形面对称度 0.20mm	4	符合要求得分		
8		平行度 0.10mm	1	符合要求得分		
9		垂直度 0.10mm(4 处)	4	符合要求得分		
10	活动钳身	(40±0.1)mm、(35±0.1)mm、(31±0.1)mm、(28±0.1)mm、(20±0.1)mm	5	符合要求得分		
11		(15±0.15)mm、(5±0.15)mm	2	符合要求得分		
12		(11±0.2)mm	1	符合要求得分		
13		(R3、R5、R6、R7)线轮廓度≤0.1mm	12	符合要求得分		
14		平面度 0.08mm(2 处)	2	符合要求得分		
15		燕尾槽对称度 0.20mm	5	符合要求得分		
16		形面对称度 0.20mm	4	符合要求得分		
17		垂直度 0.10mm	1	符合要求得分		

续表

序号	项目及技术要求		配分	评定方法	实测记录	得分
18	配合	燕尾槽锉配质量(目测估判)	3	符合要求得分		
19		钳口配合间隙≤0.20mm	5	符合要求得分		
20		钳口面网纹清晰、整齐(2处)	4	符合要求得分		
21		钻扩孔、攻套丝质量(目测估判)	5	符合要求得分		
22		丝杠螺旋副转动灵活	5	符合要求得分		
23		表面粗糙度 $Ra \leqslant 3.2 \mu m$(总体目测估判)	4	符合要求得分		
24	工、量、辅具摆放合理		2	符合要求得分		
25	安全操作			违反一次扣5分		

备注:

姓名		工 号		日 期		教 师		总分	